谨以此书献给我爱的和爱我的人

最是人间求不得

伊锦 著

陕西新华出版

太白文艺出版社·西安

图书在版编目（CIP）数据

最是人间求不得 / 伊锦著 . -- 西安：太白文艺出
版社 , 2025.4. --ISBN 978-7-5513-2973-6

Ⅰ . I267

中国国家版本馆 CIP 数据核字第 2025DR5123 号

最是人间求不得
ZUI SHI RENJIAN QIU BUDE

作　　者　伊　锦
责任编辑　汤　阳　杨钦一
整体设计　宁　萌
出版发行　太白文艺出版社
经　　销　新华书店
印　　刷　四川科德彩色数码科技有限公司
开　　本　880mm×1230mm　1/32
字　　数　169 千字
印　　张　6.75
版　　次　2025 年 4 月第 1 版
印　　次　2025 年 4 月第 1 次印刷
书　　号　ISBN 978-7-5513-2973-6
定　　价　79.00 元

锦绣年华　琉璃岁月

——追忆似水流年

落笔时分，恰是一个斜阳西坠、落霞满天的黄昏。

漫过半天的重重云霞，皆被夕阳的余晖染上了深深浅浅的颜色，拱璧蓝、玫瑰紫、胭脂红、桃花粉……满目华彩流光，旖旎似画，良久方才散去。

我坐在靠窗的写字台上，怔怔望着涤荡如洗的宝蓝色天幕，心底翻涌着千言万语，翻来覆去竟汇成一句——只觉夕阳无限好。

记忆的闸门一瞬间就被打开。高中三年，一千多个日子，那些青涩的、简单的、厚重的往事如潮水奔涌，挡不住地咆哮。记得当时年纪小，青梅如豆，桃杏似锦，而那个儒雅高大的背影，却似我心底一盏不灭的明灯，指引着我一步一步朝那文学的殿堂而去。

年少不知岁月长，诗酒趁年华。认识梁老师，拜他为师，得他指点，听他的谆谆教导回荡在心间，方知世间的学问似山高，如海深，而我一叶障目，十几年的岁月，只窥到了学问之城露出水面的冰山一角。得遇梁老师，看他引经据典，赏他激扬文字，听他指点江山，唯有慨叹旧日的浅薄无知。对他，我唯有崇敬，唯有仰望，唯有努力地写文，希望有一日，能用自己行云流水般的文字，引得他半刻垂青、三分指点。

　　记忆中的老平中，尚未搬离旧址。学校坐落在通衢大道旁，背靠着通幽曲径，各色商铺在校门两侧一字儿排开。满校园古木成荫，落英缤纷，亭台假山，流水潺潺。流连在这样诗意纷涌的校园里，吟诗撰文必不可少。兴致勃勃的语文组广发英雄帖，给年少青葱的我们布置了古体诗词背诵的比赛任务。

　　大约就是存了希望他青眼有加的念头，三分毅力、三分拼搏再加三分兴趣，壮大成累累硕果。古诗词要求抄写在平湖中学自己印制的摘录小卡片上，两块五一刀，整一百张，纸墨芬芳，幽香扑鼻。现在忆起，梁老师对我甚好，亦师亦友，堪比慈父。我那时不过是个家境普通的小女生，梁老师无偿提供了我所有抄写古诗词需要的空白卡片，厚厚的一沓，足足五百多张。十几块钱对他这样一个工作了几十年的老师来说或许九牛一毛，甚至不曾放在心上，但对一个身无长物的穷学生来说，却温暖了那些年匆匆而过的斑驳时光。那不经意留下的关心，那种不求回报的给予，如春风拂过干涸的心田，触到了我心头的那点柔软。十年岁月，弹指而过，他在光阴里留下的温暖，不惧春秋，依旧温热。整个高一的暑假，闭门苦读的我不曾出过一次门，阳台上、卧室里、客厅中，留下了我无数手捧着书本和诗词卡片，摇头晃脑苦苦吟诵，却乐在其中的身影。最终，古体诗词的背诵比赛在我一口气背出五百一十四首的战绩中圆满落幕，掌声与鲜花从此不再缺席。我抬起头，评委席上的梁老师笑得目光灼灼。顾盼之间，神采飞扬，如月色一般止不住地流泻下来，遍地生辉。那一瞬，只觉得我与梁老师心灵的距离，更贴近了，原本让我仰视的他，也终于有了几分亲切。

十年过去，当我再次捧起当年背诵时烂熟于心、朗朗上口的《长恨歌》，少了梁老师的鞭策与鼓励，竟发现，那长长的百多行，已经那样生涩难记，时有遗漏。

回忆如蝶，在脑海中翩翩飞过。记忆中这样温馨又令人鼓舞的事情比比皆是，似尘埃散漫，数之不尽。回忆漫长，我醉在第一盏泡下的春茶里，情意缱绻。

那一年暮春，如烟似雾的江南四月，春草没过河堤，夹岸芳菲。杏花微雨之中，平中文学社一行数十人，在几位老师的带领下，兴致盎然地来到小镇周庄采风。双桥、寺庙、曲水、平湖……彼时游人喧嚣的小镇，如今街巷幽幽，民宅寂寂，河水蜿蜒流过小镇的街角，手摇船咿咿呀呀，杨柳岸繁花点点。我与恩师，两个人心有灵犀地离群而行，漫步河堤，看天高云淡、山岳对峙，聊诗词歌赋、读书写作。滚滚尘世中，这边一隅静好，周庄的风华收入眼底，师生情谊山高水长。

回校之后，所有奔腾的思绪都化作点点文字，笔尖流泻下来的那篇《走近周庄》，是我和老师不舍昼夜，一起改了又改，凝结了我与梁老师心血的得意之作，陆续发表在《语文学习》《中文自修》《中国校园文学》等国家级刊物上，风光无限。依稀记得，隔壁班戴着眼镜的那位忧郁男生，跑到讲台边对我和梁老师一本正经地夸赞，他一口气将文章读了十一遍。那一刻，我和梁老师对望一眼，相视一笑。所有的心情都在这一抹笑里飞扬起来，所有的眉眼都在这一瞬间生动起来。是啊，繁花从来都只为爱惜她的人而盛开。山水相逢，沿途的风景你我都已懂。

学期中间，其他班级每周一次规定的作文，他从不拘着我们墨守成规，必须周周落笔，而是随我们心情起伏，作业多寡，自行合理安排。他常说，有感而下笔，言之有物，言之有情，这样真性情的文字，才是最诚挚的，也必是鲜活的。每周一交的作文日，一张张稿纸从四面八方汇聚而来，像跨越了千山万水，愉快地叠成厚厚一沓，由自告奋勇的同学装订成集，由秀外慧中的同学制作封面，再八仙过海，各显神通取上一个个富有诗情画意的名字，一本本漂亮而别致的班级文集便由此诞生了。我常常和其他同样好奇的同学一样，在一天的翘首以盼之后，迫不及待地冲上前去，打开混合着彩笔颜料与纸墨香气的封面，如饥似渴地浏览这一页一页被文字沾染得魅力无边的稿纸，沉醉不知归处，思绪飘向天边。

流水般的日子在教室、食堂和宿舍的三点一线中敲响假期的钟声。

寒假即将来临，梁老师突发奇想地给我们布置了一个新的任务，期盼我们能在假期里勇于尝试新的挑战。这在当时既新奇又大胆——将一学期以来的文集拆下，一篇篇分发，精心挑选出自己的得意之作，各显神通，装订成集。乍闻之下，我的眼眸一瞬间发亮，身上的每一条神经都莫名兴奋了起来。在这一个寒风萧瑟的隆冬里，我的心并没有因为天气的彻骨严寒而变得冰冷，而是像有一湖荡漾的春水在心底撩拨，令我浑身舒畅，钻进这一方小小的天地之中，与佳篇为伍，同赏妙句佳词，为自己伏案一月凝结的硕果反复斟酌——我的脑子好似复读机一般，反复咀嚼着梁老师的谆谆教导，一笔一画重新将数十篇文章修改誊抄了一份，配上匠心独运的插画，还绘制了精致秀美的封面，携着如莲的心境，我给她取名"小小一株含羞草"。艳阳温暖光阴，清风拂醒黄鹂，我就如这小小的一株含羞草，在老师的呵护下迎风展叶，舒卷余情。

开学后，这本凝聚无数心血的个人文集，果然得到了老师的赞赏。听着那个醇厚的男中音抑扬顿挫的点评，望着欣慰、欣喜的目光向我投来，所有的辛酸劳累风卷残云般一扫而空。我望着老师会心一笑，心如天地高阔，过往艰辛皆化为烟云，而我甘之如饴。

小小的文集，薄薄不过几页纸张，笔触稚嫩，那样微不足道，却在我的心里镌刻下永不磨灭的印记，视若珍宝地珍藏过半生。

头枕着诗风词韵，眼藏起佳作美篇，锦绣文章陪伴我行走过大学四年，毕业的终章随风唱响。受梁老师的影响，我读了师范类大学，毫不犹豫选择了中文系。毕业实习，恰好去了平中。梁老师那高大挺拔的身影，熠熠飞扬的神采霎时浮上心头。我迫不及待地打电话给老师，百感交集的声音断断续续地颤抖着："我一定还要跟着您……一如，六七年前……"

再见面时，平中已换了新校址，巍峨高耸的建筑在阳光下像是泛着粼粼的波光，校园大得仿佛望不见尽头，钢筋水泥筑起的城池，比起当年的旧址，多了几分干净明亮以及现代化，也少了几分睹物思人的光阴故事。窗明几净的办公室里，我见到了我朝思暮想的恩师。只是，那略微花白的头发，不再清润沉郁的嗓音，逐渐佝偻的后背，已经不复当年的雄姿英发。一种莫名的伤感从我的心底蔓延至眼眸，渐渐酸涩。岁月从来催人老，我的恩师，我心中青春永驻的男神，也已经年华老去。

梁老师似乎也感受到了我那起伏的情绪，半是调侃，半是感叹："瞧，我的孙子也已经牙牙学语、蹒跚学步。韶颜终将老去，落红不是无情物，化作春泥更护花啊。我这朵盛开多年的红花，终到了要凋落的时候——过两年我也就退休了。"

白发染就鬓霜，沟壑渐攀眉梢，老人斑三点两点盘踞在老师的脸颊，肆无忌惮。望着老师那张渐显老态的脸，我不由得心潮澎湃，忍不住在心中呐喊：不，老师，无论流年跑得多快，光阴是否逃窜，您依然是我心中那一朵永不凋落的红花！

虽然过不了两年，老师就到了退休的年龄，但是老师工作起来的那股子老当益壮的精气神，依旧不输当年。奋笔疾书地伏案备课，专心致志地批阅作文，脸含笑意地凝神倾听……望着那快乐忙碌着的背影，当年熟悉的一切仿佛又近在眼前，那个永不会老、永不服老的梁老师悄无声息地回到了我的眼前。

实习开始，梁老师便兴致盎然地提出要我与他一起修改学生的诗歌，出一期《破土》诗刊留念。我在跃跃欲试的同时心存疑虑：我行吗？梁老师用他不再清润的嗓音鼓励我，并且用实际行动支持着我，我们两人并排坐在办公桌前，手握红笔，一行一行吟诵着，推敲着，雕琢着……优美的诗句一点一点在我们的笔尖流淌，从初具雏形到最终定稿，历经了三天三夜的绞尽脑汁与同心协力，一首首文笔流畅、辞藻优美、立意新颖的小诗终于在我们的笔下诞生。黎明难掩风光的美，望着一本本散发着墨香的诗刊，我们会心而笑，顿觉人生圆满。

实习时与老师其乐融融的日子在忙忙碌碌里弹指而过，时隔半年，突然有一日，收到老师寄来的几份报纸杂志。原来，与他合作修改的十数首诗歌，竟然有大半零零星星地发表在了各报纸杂志上。手捧着杂志，望着上面一首一首印成铅字的熟悉诗歌，内心激动难掩。我的老师，一生在指导写作和发表上孜孜以求，从不计较付出，而我，终于在文字跌进眼眸的这一瞬，感受到了他一生都在体会的那种难以言说的愉悦。

毕业之后，我留在了素有"人间天堂"之称的杭州。寒假的时候，带上精挑细选的灰色围巾，兴冲冲地去看望昔日最疼爱我，现已退休的恩师。老师轻轻抚摸着柔软的围巾，沧桑的脸上亦浮现出欣慰的神色。我暗自偷着乐：恩师是喜欢这件温暖的礼物的。他勤勉一生，不愿因退休歇下来，将自己的语文工作室办得有声有色，努力着，工作着，幸福着，便是他现下最大的快乐。余晖脉脉温软，映染半空流霞，光影斜斜落在他身上，仿佛罩上了一层夺目的光晕。那一日，他与我并坐于客厅，侃侃而谈他的理想。那张染就岁月风情的脸再一次眉目生动，神采飞扬。老师的事业，在他退休的这一刻，不是终结，而是新的启航。

日薄西山，月升星沉，天幕渐渐垂落，当我施施然坐在电脑之前，反复斟酌，敲下每一个汉字，脑子里，时不时会浮现出当日那立在讲台上谆谆教导的儒雅身影，鞭策着我，不断前进。

此致，赞我文学路上的启蒙之师——梁种玉老师。

云山苍苍，江水茫茫，先生之风，山高水长。

是为序。

目　录

卷一

1

卷二

卷三

卷四

卷一

人生若只如初见

问世间，情是何物

与君初相识，犹如故人归

易求无价宝，难得有心郎

愿得一心人，白头不相离

迢迢牵牛星

十年生死两茫茫

深巷明朝卖杏花

本是同根生，相煎何太急

山有木兮木有枝

人生若只如初见

人生若只如初见。

初见时，怦然心动、小鹿乱撞，无限遐想中，为美好留白，这一刻，山水相逢，不负遇见，曼妙憧憬里甘之如饴，倾尽所有地为他折腰。

一如珍馐百味不及他为你洗手作羹汤，或者一个饼，或者一碗粥，递过来余温尚在，烟火气暖，握在手中指尖温热，情意绵绵，食物的香气弥漫空中，随风扑鼻。那一瞬，清风一缕不及掌中温暖，世间酸甜不及舌尖一点。广厦千间，夜眠不过七尺；珍馐百味，日食只需三餐。世间弱水三千，心心念念，我却只想取眼前这一瓢饮，直到地老天荒。

可惜忘记了这一句词后面紧跟着的，是这锥心刺骨的几句："何事秋风悲画扇。等闲变却故人心，却道故人心易变。"

世事变幻无常，缘分在流年里一点点耗尽，像江河水一泻汪洋，无法逆转，像衰败的花朵凋零萎靡。星河曾那样璀璨，夜空繁星点点，最终也只剩下无尽的黑暗。歇斯底里的争吵，欲求不满的发泄，针锋相对的控诉，积郁到顶点，像洪水崩溃，瞬息决堤，顷刻淹没所有的岁月静好，初见的美好恍如隔世，只剩下水中月、镜中花和梦中曾经的那个他。

"裁为合欢扇，团团似月明。出入君怀袖，动摇微风发。常恐秋节至，凉飙夺炎热。弃捐箧笥中，恩情中道绝。"秋扇见捐，在凉风里封存了自己，遥想两千多年前的才女班婕妤，那个以诗赋见长，如美玉般无瑕的温婉女子，最终也被汉成帝无情抛弃在后宫。始于见色起意的一见钟情，才貌双全的她也曾有过集三千宠爱在一身的极致专宠，可惜遇见倾城倾国的赵飞燕，克己复礼在妖娆妩媚面前瞬间溃不成军，过往的专宠在另一张绝世容颜面前灰飞烟灭。伤过身，流过泪，痛过心，经不起反反复复谮构、嫉妒、排挤、陷害的折腾，她在急流勇退中自请前往长信宫，愿以漫漫余生侍奉同样寂寥度日的王太后，从此远离后宫的是是非非。贪图美色的昏聩帝王也好，骄横跋扈的倾城飞燕也罢，从此再无羁绊。人间月色凄凄，长夜漫漫又寂寂，她在弄筝调笔之余，间以涂涂写写打发这无边光阴和人间四季。纵然她内心古井无波，但揽镜自顾，像隔夜的脱水蔬菜，镜中的美人一夕迟暮，犹如匣中静静放置的秋扇，炎夏时节也曾日日执手不放，相亲相爱不过一夏时光，转眼就恩断义绝，相离相弃，怎能不让人扼腕叹息？

酒入愁肠，一梦浮生，几番萧瑟，无限惆怅。这首格调凄婉、让人无限唏嘘的《木兰花·拟古决绝词柬友》出自清初第一词手纳兰性德之手，借一代贤妃拥有却辇之德，如花美眷，却无情被弃隔梦蹉跎，借马嵬坡前泪眼婆娑，霓裳羽衣曲终人散，唐玄宗与杨贵妃天人永隔，将被弃的幽怨、满怀的凄楚、无法言说的遗憾，在一纸素笺上书写得淋漓尽致。

纳兰性德出生于清朝贵胄之家，富贵满堂却不肯只做一朵长在温室里的人间富贵花，满心只想做闲云野鹤的人间惆怅客："我是人间惆怅客，知君何事泪纵横，断肠声里忆平生。"余晖晚照，残雪将融，笛声清幽，声声轻送，丝丝缕缕里灵犀暗生，在追思往事里寻求慰藉，一如他清奇唯美、婉丽隽秀的词风。

一生为词而生，不负他大清第一词人的美名；一生为情而死，也不负他大清第一情种的名号。江南细雨初歇，春水漫过堤岸，落红满池，繁花正妍，朱唇皓齿的表妹，如一轮皎皎明月，轻轻走进他的心里，在松花酿酒、春水煎茶的时光里互许终身。"正是辘轳金井，满砌落花红冷。蓦地一相逢，心事眼波难定。谁省，谁省。从此簟纹灯影。"欢喜来得突然，小鹿乱撞般雀跃，在爱意最浓烈的时候被迫分离，选秀进宫的噩耗降临，让人终其一生都难以释怀。纵然想方设法见过一面，彼时所爱已隔着天意筑起无形的屏障，所念隔着无尽星海。两个人眼神触碰的一瞬，相顾无言，唯有泪千行。

温婉美丽的大家闺秀卢氏，既是他珍之重之的爱妻，也是他创作上的知己。林间望月，夜下听琴，书侧添香，灯下影重，如胶似漆的日子总是短暂，形影不离的光阴倏忽而逝，卢氏在两人婚后第三载，因难产辞世。"谁念西风独自凉，萧萧黄叶闭疏窗。沉思往事立残阳。被酒莫惊春睡重，赌书消得泼茶香。当时只道是寻常。"琴瑟和鸣终究痴妄，写尽相思写尽愁，万般惆怅无人诉，爱而不得的女子最终成了掩埋进心底的白月光，岁月静好里的那一抹温柔也成了尘封在记忆深处的朱砂痣，从此只剩下无边追忆。

隔着时间的滚滚长河，他提笔落纸写相思，流年里的悸动一抹又一抹，最终遇见了少女沈宛，遇见了此生最后一个懂自己的人。她的一颦一笑浇灌了他那颗枯萎已久的心，治愈了他失去所爱之后所有的一蹶不振。可惜顺遂总是奢望，顺风只在梦中，情深不寿，慧极必伤，康熙二十四年（1685）五月，三十一岁的纳兰性德因病倒下，溘然而逝，最美丽的花凋谢在最灿烂的年华。此时，距离他遇见心爱的沈宛不过短短半年。

情不知所起，一往而深，爱一生，痛一世，求不得，放不下。他的一生，执着于"一生一代一双人"的缠绵悱恻，像溺水的人紧紧抓住这一叶浮萍，在不停挣扎中一次次伤情。金玉满堂，半生不得展颜，宦途顺遂，始终情意难平。爱而不得的初恋，猝然去世的发妻，难以相守的知己，三个他所爱的女人织成的网，便是他一生闯不过去的情关。

"一生一代一双人，争教两处销魂。相思相望不相亲，天为谁春？"时光回望，情窦初开的天之骄子，把一颗相思的种子埋在了自己的眉心，从此生了根，发了芽，长了叶，却始终盛开不了那一朵他所期盼的最美的爱情之花。

浮生若梦，流年似水，人生若只如初见，那些迫不得已的分手，那些隔了生死的分离，那些泪落如雨的恸哭，是否都会烟消云散，不复存在？可惜覆水难收，时光永远不会倒流，完美无瑕的初见稍纵即逝，褪成记忆中最美好的一瞬。

岁月不存慈悲，有人畏惧，有人勇敢。世事变幻得那样快，像指缝沙和窗前月，瞬间消散无迹，去留无痕；像柳上絮和枝上花，转眼零落成泥，碾作香尘。无论是大清第一词人，抑或是生活中普普通通的我或者你，生命中那些可望而不可即的高山景行，那些经年时光里的心意难平，最终都化作一声无可奈何的长叹：人生若只如初见。

尤记得春日艳，蔷薇如雨，落樱满地，正值妙龄的少女清甜如泉，孤身奔赴远在京城的舅舅家，山水相逢的一瞬，像紫燕轻喃，细芽初探；像溪水新融，万物生长。世间所有风景都褪成背景，只余了住进心房的那个她。那是他与她的，杏花微雨，人生初见。

时光那样匆匆，转瞬流沙穿指，他第一次带她吃饭，停下车替她小心地开门，轻车熟路地点餐，极具绅士风度地给她布菜，妥帖而细致，耐心且温柔。安静的包厢里，他背后的落地窗宽敞明亮，食物的香味那样浓郁，像晨曦里初绽的花朵，带着三分露水的清甜。他的气息无处不在，一丝一缕地将她温暖包裹，和煦的阳光从玻璃窗斜斜照进来，一点一点落在他带着些锐利的眼睛里，他对着她微微一笑，眉目一瞬间生辉，眸光里清澈地映着她纤细美丽的身影，朗若星辰。那一瞬所有的喧嚣悄然褪去，心田里最隐秘的角落仿佛栖息了一只轻盈翩跹的蝶，惊鸿若舞，魅惑心神。人生海海，这一刻她偏过头细细地想：认识他，真的很好，很好。

那是她和他的，陌上花开，人生初见。

问世间，情是何物

问世间，情是何物，直教生死相许？

第一次听到这首凄婉动人的爱恋悲歌，是从 TVB 版《神雕侠侣》中的"女魔头"李莫愁的口中。当所有的风景褪成苍白的背景，雪梨饰演的李莫愁、素衣道袍、拂尘高髻，仰天悲歌，眼中是烈焰焚烧的痛与恨，口中是哀婉缠绵的痴与怨，身后是仿佛再也无法熄灭的漫天火海，一瞬间击中年少懵懂的我的那颗稍显稚嫩却已微微颤抖的心。

自古多情空余恨，好梦由来最易醒。未入江湖，她也是温柔善良的美丽少女。灵动多情的少女憧憬着和她的心上人一生一世一双人，叛出师门，只求他不离不弃；江湖浩瀚，只愿得他一人真心。半生为爱执着，换来的是镜花水月一场，终究还是她错付了，那些地老天荒的誓言化作风中的轻叹。回首往昔，那些两情相许的甜蜜时光分明历历在目，曾经与她两情相悦的爱人转身却跟别人生死相许。移情别恋的负心汉拥佳人在怀，为情所困的痴情女却走不出爱的樊笼。情越真，恨越深，爱越沉，怨越重，一生孑然，一念成魔，化劫成灰，令人几多唏嘘。

一执一念一枉然，一悲一喜一浮生，既怜她被伤得遍体鳞伤依旧痴心不改，飞蛾扑火、义无反顾；又恨她由爱生恨，让江湖天翻地覆，无数血雨腥风由她而起。身中情花之毒的她在绝情谷底决绝地葬身火海，那一刻，我心里明白她早已万劫不复，却仍盼望着她如火凤般涅槃重生，忘却所有打碎她梦想的情情爱爱，一人一剑，潇洒江湖。

岁月那样漫长，诗词的浪漫长河里，读到过"一日不见，如三月兮"的相思萦怀，读到过"两情若是久长时，又岂在朝朝暮暮"的忠贞不渝，也读到过"愿得一心人，白头不相离"的翘首以盼。那些红尘岁月里涤尽风霜却越发璀璨的爱情篇章，每一句都那么令人怦然心动，暗生欢喜。唯有读到元好问的这首《摸鱼儿·雁丘词》，一读感怀，二读伤情，再读落泪。"问世间，情是何物，直教生死相许？天南地北双飞客，老翅几回寒暑！欢乐趣，离别苦，就中更有痴儿女。君应有语：渺万里层云，千山暮雪，只影向谁去！横汾路，寂寞当年箫鼓，荒烟依旧平楚。招魂楚些何嗟及，山鬼暗啼风雨。天也妒，未信与，莺儿燕子俱黄土。千秋万古，为留待骚人，狂歌痛饮，来访雁丘处。"

比翼齐飞的天上雁，一只中箭亡故，另一只前一刻还在盘旋哀鸣，转眼间就殉情而死。年轻的诗人看到这一幕不禁为之动容，把它们买下合葬在汾水之畔，垒石为识，称为"雁丘"。荡气回肠的生死之恋，不离不弃，始终如一，在两只飞雁的身上，我和元好问一样，第一次看到了爱情最令人动容的最初模样。无关金钱、地位和容貌，不求门当户对，只求生相随，死相依，情不渝，永不弃，如枝头含苞待放的花朵，充满了勃勃生机和无限憧憬。

人类的悲喜或许并不相通，有人笑，有人哭，有人辜负黑夜，有人点亮人间的月。但所有爱和被爱的开始，都曾许诺，长相思，余生只想为他挽红袖。然而不是历经了磨难就能修成正果，酸甜苦辣遍尝，喜怒哀乐历尽，蓦然回首，才发现一路艰难，走过了九九八十一难，天方夜谭的故事却始终翻不到第一千零一页。

南墙撞了一回又一回，纵使头破血流也固执地不肯放手。纵然情深，奈何缘浅，有些遗憾会随风而散，有些错过却注定刻骨铭心，像项羽和虞姬，像焦仲卿和刘兰芝，像梁山伯和祝英台。缘生缘灭缘自在，情深情浅不由人。时光的长河波涛翻滚，那些"直教生死相许"的爱情故事翻腾在朵朵跃动的浪花里，从来不曾被人忘却。

群雄逐鹿的时代，志在天下的霸王项羽率领江东八千子弟兵揭竿而起，从此开启东征讨伐、戎马倥偬的一生。他的跌宕人生中，虞姬从不曾缺席过：他凯旋时，她翩跹而舞，欢歌娱曲以祝；他出征时，她安静等待，脱簪卸妆以祷；他颓丧落寞时，她温柔安慰；他意气风发时，她锦上添花。她会长枪烈马，陪他一起冲锋陷阵；她也会月下弹琴，抚慰他受伤的心灵。龙虎之争最终壮烈决战于垓下，中了韩信十面埋伏之计的项羽，靠着一支画戟，为自己拼杀出一条血路。四面楚歌哀转久绝，残败的楚兵军心溃散，陆续逃离，败军之将在这一刻几乎成了孤家寡人。心潮难平的项羽夜不能寐，在抚今追昔中慷慨悲歌："力拔山兮气盖世，时不利兮骓不逝。骓不逝兮可奈何，虞兮虞兮奈若何！"失败已成定局，江山从此改为他姓，一切烟消云散，濒临绝境的他最后的眷恋只剩下眼前的红粉佳人。似乎是心灵相通，似乎是心意已决，听到这千古悲歌的虞姬回眸转身，毅然拔出项羽腰间的佩剑，决绝地横在自己的颈上，血色花朵瞬间绽放，罗裙委地，而她就这样香消玉殒。抚尸大哭一场的项羽，随后也在乌江边上拔剑自刎，追随心爱的那个她而去。相约百年再会，谁若九十七岁死，奈何桥上等三年。蜿蜒不绝的弱水，此岸是红尘万丈、烟火人间，彼岸是幽冥地界，十殿阎罗。忘川河畔片刻停留的虞姬，还没来得及望眼欲穿，就已经等来了她的项羽。这一世，缘聚吴中起义，一遇项王误终身，一眉一眼那样熟悉，一笔一画烙在心里，愿黄泉路上手牵着手，来生笑看彼岸花，平安顺遂，白头到老。

　　恨今生无缘白头，愿死后化树连枝。包办婚姻里的一见钟情，朝夕相处间的点滴情深，画眉深浅里的白头相许，沉浸于新婚甜蜜，却被婆婆生生拆散的焦仲卿和刘兰芝，与陆游、唐琬的命运何其相似又分明不同。"君当作磐石，妾当作蒲苇。蒲苇纫如丝，磐石无转移。"鸡鸣织布，入夜不歇，温良恭俭、乖巧贤惠的刘兰芝始终无法取悦生性刻薄的婆婆，刚烈的她忍无可忍，自请下堂，立誓不嫁，始终如一地等待着爱人终有一日会扫清障碍，风风光光地接回她再续前缘。然而命运无常，她高估了爱人的勇气，也低估了家人的执着，最终被逼得投水自尽。与陆游同样懦弱的焦仲卿，没有能力解决母亲与爱人之间的隔阂，也没有勇气反抗母亲的独裁，却在听到爱人的死讯后毫不犹豫地以死相随。"府吏闻此事，心知长别离。徘徊庭树下，自挂东南枝。"兰芝仿佛爱错了人，徒留一杯醉人酒，却解不了半点愁。她又似乎爱对了人，生不能同衾，死可以同穴，唏嘘之余又让我多了一点敬佩。

徐志摩曾经说过："我只愿在茫茫人海访我唯一灵魂之伴侣，得之我幸，不得我命，仅此而已。"怀着同样的愿望，女扮男装，在书院求学的祝英台与同窗梁山伯相见恨晚。三年相处，朝朝暮暮都是难舍难分，她满心欢喜地向他自许终身，翘首以盼着嫁得良人。然而理想如此丰满，现实却赤裸残酷，山伯兴冲冲前来求亲，英台却已在阴差阳错间被许嫁他人。楼台最后一次相见，痴男怨女彼此许下誓言："生不能同日，逝也要同穴。"大喜又大悲，大起又大落，悲痛欲绝的他随后相思成疾，不久后撒手人寰。她在被迫出嫁的那一天执意绕道去坟前，书院的往事历历在目，穿着嫁衣的她伏地痛哭，悲恸的哭声终于感动天地。一瞬间风起云涌，风雨大作，雷电交加，坟墓刹那炸裂，英台趁机翩然跃入。云销雨霁，彩虹高悬，梁祝幻化成蝶，从此双宿双飞于烟火人间。是幸或是不幸，是悲或是欢喜，从东晋到现在，一千六百多年光阴流转，兴衰更替，早已无人知晓。

不是锦上添花，也不是风雨相伴，而是生死相许，不离不弃。故事各自不同，情意却是一样真挚。"问世间，情是何物，直教生死相许？"跨越生死的爱那样动人心魄，却也如此沉重。爱别离、怨长久，世间有求不得、放不下、已失去的人生极苦，也有在对的时间遇见对的人，终成眷属的极致幸福。若是情深缘浅，不如坦然放下，前路或许也会海阔天空；你若无情，那我便休，就算曾经海誓山盟也不会回头，那么世间的痴男怨女，或许就不会有那么多为情所困。

来时归途，花开一路，愿世间所有的相爱，都可以被岁月温柔以待，不被辜负，纵使荆棘遍地，也终将柳暗花明，云开雾散。

与君初相识，犹如故人归

佳期如梦，杨柳风里漫卷起丝丝缕缕的桃花香气。

推开明晃晃的玻璃大门，走进活动大厅，三三两两的来客正笑语轻言，各自寒暄。热情的工作人员引着她来到台前签到，落笔的间隙，年轻的男子笑意盈盈地朝她伸出手来。黑色的西装妥帖地罩在浅色棉布衬衫的外面，胸前的工作牌微微晃荡，握手的一瞬，干净而温暖的触感从她的掌心传递到心田，像一片羽毛轻盈扫过，转眼消失。她注意到他有一双不大却异常幽深的眼睛，带着点锐利的深邃。对视的时候，他让她产生了一瞬间的怔忡，仿佛是许久以前在她梦中徘徊的朦胧模样。

人声鼎沸的会场里，这一场活动热热闹闹地进行着。他手持话筒，眉目灼灼地站在台前，风度翩翩、睿智幽默，举手投足间神采飞扬。她举起手里的相机，镜头里的他侧脸刚毅，正脸柔和，目光明亮。她光明正大地注视着他，目光如笔，从眉梢一寸寸描摹到他的唇角、眼尾、眉梢，俱是说不出的熟悉。像轻柔的手指突然拨动了心底的那根细弦，她小鹿乱撞地朝他望去，长长的羽睫一颤一颤，目光碰撞的刹那，两个人仿佛心有灵犀，相视一笑。窗外，四月的风那样温柔缱绻，轻轻吹拂过万里，转眼归期。

"与君初相识，犹如故人归。天涯明月新，朝暮最相思。"如涓涓的细流娓娓道来，似悠悠的琴音拨动心弦，这首《会友》恰似春草茵茵，温柔浮上心头。分明初次相见，依稀似曾相识，人群里惊鸿一瞥，惊艳了那一瞬世间所有的风景，从此镌刻在心头，不计岁月漫长、红尘翻滚。烟火俗世里缝缝补补了半生，蓦然回首，灯火阑珊处遇见了她想要放在心尖的那个人，万般皆好，只余欢喜。

梁实秋说："你走，我不送你。你来，无论多大风多大雨，我要去接你。"

钱锺书说："遇到你之前，我从未想过结婚；遇到你之后，我从未想过娶别人。"

四目相对时火花溅起，相逢一笑间已臻情深，最好的遇见，像繁星照亮夜空，甘霖遍洒荒漠。一男一女最好的情意，是一见钟情后的一屋两人三餐四季，朝阳晚霞暮雪白头，是再见深情后的闲时与他立黄昏，灶前问他粥可温。光阴从不为谁低眉，余生那么漫长，幸亏转角遇到了对的那个人，初见已是情深，邂逅相约白头，从此心甘情愿用全部温柔陪伴，看尽三千繁华，一世滚滚红尘。

总以为修炼过前世，浮世万千里才能一眼万年，吾爱唯卿。一如宝黛初见，古典文学史上那一场最惊艳的隔世重逢，宝玉眉目舒展地对她笑着说："这个妹妹我曾见过。"黛玉却不以为唐突，只是心神荡漾地默念："好生奇怪，倒像在哪里见过一般，何等眼熟到如此！"一个是阆苑仙葩，一个是美玉无瑕，灵河岸上的旧缘，让他们在饮尽孟婆汤后各自投胎，前尘往事理应忘却，可在红尘里辗转经年，蓦然相遇的这个瞬间，恍惚间，隔世记忆似乎朦胧打开，虽然素未谋面，再见却已放在心上，分离就会彼此牵挂。

林徽因说："有缘的人，纵使相隔千万之遥，终会聚在一起携手红尘；无缘的人，纵是近在咫尺，也恍如陌路，无分相逢。"与君初相识，犹如故人归——那不仅仅是眼前一亮，也不单纯是怦然心动或者一见钟情，那是三生石畔许下心愿，饮尽孟婆汤也不肯忘怀的心心念念，是相遇时隔世记忆的再次璀璨，是重逢时称心如意的欢欣雀跃。

或许不止于爱。

"与君初相识，犹如故人归"，像春风拂面，晨曦初露，像骄阳穿过云层，温暖世间的每一个角落。初遇时一见如故，再见时相知相惜，分别时心怀惆怅，思念时痛心入骨，如李白和杜甫，如柳宗元和刘禹锡，如欧阳修和梅尧臣。他们的诗酒情谊，无关风月，更添风骨，是初见时的意气相投，是再见时的肝胆相照，是天长地久里的诗交一生，缓急可共。这情谊如酒醇厚，一杯相敬，一世情长，浸染在一首首诗词佳作中，更添诗意和浪漫。

一个是才华旷世的诗仙，一个是心系苍生的诗圣，同是镶嵌于唐诗冠冕上熠熠生辉的两颗璀璨明珠，他们绣口一吐，转眼绘就半个盛唐的锦绣。杜甫眼中的李白是"笔落惊风雨，诗成泣鬼神"。李白则写诗寄以他的深情："思君若汶水，浩荡寄南征。"玄宗天宝三载（744）的夏天，三十二岁的诗圣杜甫于东都洛阳遇见了四十三岁的谪仙李白。彼时，李白早已名动天下，杜甫也是风华正茂。性格南辕北辙的他们同有"致君尧舜上，再使风俗淳"的志同道合，也都遭遇了"何时腾风云，搏击申所能"的怀才不遇，如高山流水间觅得稀世知音，彩云追月中寻得一生知己。相谈甚欢的他们一见如故，结下绵长的半世友谊。他陪他访道求仙，一起浪迹天涯，诗酒唱和，他为他打抱不平，无论山高水远，他们的情谊始终不变。

金榜之下，意气风发的柳宗元目光坚定，邂逅了同样帽插宫花的进士刘禹锡。春风得意马蹄疾的少年郎，在遍着玉带锦袍的人群中一眼望见了同样对未来充满憧憬的另一个自己，政见的契合让他们的心灵在这一刻彼此相通。"与君初相识，犹如故人归"，从此，这对同为两榜进士及第、孜孜以求半生、却抱负未展的异姓兄弟，在进退与共中荣辱相携、患难不弃。两个人双双被贬，去国离乡多年，在人生最灰暗的时候，柳宗元写下了"孤舟蓑笠翁，独钓寒江雪"的绝世佳作，刘禹锡也写下"自古逢秋悲寂寥，我言秋日胜春朝"的千古名句。不同的性格，相似的灵魂，迥异的门楣，一样的性情，他们是彼此困顿生活里不可或缺的灵丹妙药。隔着千山万水、江河湖海，他们彼此默契，心灵贴近，写诗唱和，从不孤单。人生海海，山山而川，幸得一遇，心中无虞。

初遇时已是相见恨晚，再见时早已莫逆于心，哪怕隔着生死天堑，伊水河边青衫白马的年轻诗人，依旧深深镌刻在欧阳修的心间。三月洛阳，龙门苍翠，伊水清澈，山山水水，处处明秀，时任西京留守推官的欧阳修，漫步在旖旎风光之间，清风徐徐，送来梅尧臣抑扬顿挫的吟诗声。他循声而去，修长挺拔的梅尧臣一顾回眸，从此如清风明月般烙在了欧阳修的心头。

"圣俞翘楚才，乃是东南秀。玉山高岑岑，映我觉形陋。"逢君伊水畔，一见已开颜。所有的不期而遇都是上天给予的最好的安排。二十九年的时光那样漫长，纵然隔着千山万水不能相见，但"五更千里梦，残月一城鸡"。他们常常在梦中跋涉千里，在短暂相聚中诉尽离愁别绪。

"与君初相识，犹如故人归。天涯明月新，朝暮最相思。"普遍流行的说法，这是唐代诗人杜牧所作的《会友》，也有人说，这只是托名杜牧的一首相思之作。查阅现存的杜牧诗集，都没有收录这首诗。无论情起何人，落笔何处，初遇时的欢喜，分别后的惆怅，字里行间淡淡流露的一见钟情与朝暮相思，隔着千百年时光，依旧那样令人感同身受。

不管天涯海角，无论时光流逝，最初相见的时候，已是一眼万年。她愿抵达他的身旁，以一束光的形式，看棠梨煎雪，炊烟几许，星光落满，闲愁俱散。

易求无价宝，难得有心郎

这是她在红尘俗世里油煎火燎的最后一日。

不知何时起，橙黄橘绿，荷尽菊残，秋意已那么深沉，秋色已那么浓烈，青衫也挡不住的寒冷疯狂席卷着偌大的长安城。

午时三刻来得比预想的还要快，冰凉的监斩牌毫不留情地被人掷出，脆响着啪嗒落地，膀大腰圆的刽子手横刀而立，日光映在明晃晃的刀刃上，那样灼人眼。

生命的最后一刻，憔悴难掩绝色的女囚，静静抬了抬自己不再明媚的眼，沉郁的目光穿过里三层外三层围观的百姓，默默投向远方。视线的尽头，酒幌迎风，茶气袅袅，人声鼎沸，车马喧嚣，污言秽语扑面而来，红尘那样热闹，人来人往却始终不见她等的那个人到来。

她曾写下著名的"易求无价宝，难得有心郎"，是那样缺爱又渴望爱的一个人，可她的一生，多情总被无情负。或许连她自己也有片刻的茫然，生命的最后一刻，她等的究竟是谁？是亦师亦友，曾经亦步亦趋跟随，一心一意想嫁却始终求而不得的那个他？还是三年等待终成空，令她心灰意冷愤然出家的那个他？抑或是以为老天终于垂怜，谁知却令她厄运临头的那个他？

手起刀落，寒光闪过，答案永远被时光掩埋，无法探知。她短暂而惊艳的一生，就这样令人唏嘘地定格在二十七岁的如花盛年。繁花落尽，春梦无痕，从此长安再无鱼幼薇，世上再无鱼玄机。

时光回望，粉妆玉琢又天资聪颖的小姑娘，不幸生在了落拓的士族之家，贫瘠的土壤竟也开出了一朵倾世的花——容色倾城、才艺双绝，出道即巅峰，世间难逢对手，十一岁的她，诗名已满长安。本以为在父亲的庇佑下她可以安稳度日，一世顺遂，然而，科场失意的父亲突然撒手人寰。参天巨树轰然倒下，令本就窘迫的生活雪上加霜。才华当不了饭吃，生计艰难之下，母女俩被迫搬进陋室，靠着给附近人家缝补浆洗的收入，勉强维持温饱。

风流才子流连青楼，眼见邻家少女如此卓然脱俗，闻名长安久矣的大诗人温庭筠不由得眼前一亮，当即兴致勃勃地出题考她。少女幼薇毫不怯场，乌发如云，眸光清亮，美丽的脸庞上笼罩着一层夺目的光："翠色连荒岸，烟姿入远楼。影铺秋水面，花落钓人头。根老藏鱼窟，枝低系客舟。萧萧风雨夜，惊梦复添愁。"她即兴赋诗一首，字字不说柳，却句句都写柳，诗境如此精致动人，诗情那样清新脱俗，让这个花间词派的翘楚也不由得叹为观止。他迫不及待收她为徒，隔三岔五到访，长年累月相伴，弹琴对诗，煮酒烹茶。低矮阴暗的小院子里，他是她唯一的一抹亮色，驱散了父亲骤然离世后所有的阴霾和迷茫，也温暖了她疲惫不堪、惶恐不安的底层生活，让她鼓起勇气继续前行。哪怕他被远贬随县，两个人也书信不断，诗词往来。情窦初开的少女，在不谙世事的年纪，义无反顾地爱上了生命里第一个对她嘘寒问暖的他，哪怕他容貌丑陋如钟馗，哪怕他已两鬓斑白。

幼年那些不堪回首的经历，将她磨砺得敏感而自负，多情而倔强。爱了便去追爱，不犹豫也不徘徊，不后悔也不做作。十三岁，她将他大胆地堵在墙后，惊世骇俗地向他率真表白。他呆呆地望着眼前如海棠般娇艳的倾世容颜，回望自己日渐衰老的身体，一瞬间自惭形秽。他不由自主地把她推开，像受伤的野兽在暗夜里落荒而逃。他不敢再多看一眼那双充满期待的眼睛，没多久就远远逃离了长安。十三岁，她第一次热烈地捧出一颗真心给他，别无所求，只求他眷顾怜惜，却没有赢得她向往的爱情。她第一次懂得爱，也渴望被他爱，却被他怯懦地拒绝，跌进尘埃。

十五岁，少女终于及笄，眸若晨星，眉如青黛，诗名更胜往昔。陌上花开，久未谋面的他携友李亿归来，或许愧疚于对她两年的不闻不问，他极力撮合着看起来郎才女貌的两个人。她偏着头逆光望向他，曾经炽热的爱早已在生活的苦难里烟消云散，可再一次望见他，她的眼角依旧发酸，她输得不明不白，却又无可奈何。那就如他所愿，她顺从地成了当朝状元李亿的妾。是妾啊，在那个嫡庶分明的年代，妾可买卖，地位卑贱，或许更是她日后所有苦难的根源。出身名门、相貌英俊、年纪相符、仕途一帆风顺的状元郎李亿，像极了温庭筠的反面。才子佳人并肩而立，看起来是那样赏心悦目，仿佛弥补了他当年仓皇放手的遗憾。她到底年轻，在拿得起也放得下的年纪，下定决心从爱而不得的单恋里抽身出来，一心一意地阔步向前。

可惜她每一次努力抬头，命运总将她无情地摁下去。才貌相当的两个人，起初也是郎情妾意，度过了一段蜜里调油的时光。平淡的幸福于她总是那么奢侈，懦弱薄情偏又惧内的李亿在悍妻的施压下再次无情地将她抛弃。他哄骗她住进城外的咸宜观中，并向她郑重许下三年之约。她退无可退地选择相信，孤苦伶仃地挨过三年，等来的却是薄情郎携妻不告而别的晴天霹雳。命运何其不公，少女时期痴情错付过一次，转眼又被薄情郎辜负，一颗心摔碎了捡起，粘起来又碎，为何是她，又是她？

永夜未央，残灯如豆，寒风里她倚窗而立，衣袂飘飘，容颜胜雪，她含泪写下了那首被人吟唱了千年的《赠邻女》："羞日遮罗袖，愁春懒起妆。易求无价宝，难得有心郎。枕上潜垂泪，花间暗断肠。自能窥宋玉，何必恨王昌。"她向往高山流水、比翼双飞，可是千金易得，人间的知己却那样难求。菱花铜镜里照出她依旧美丽的清瘦脸庞，身后是冷冷清清的道观以及无边无际的黑夜，她将悲伤连同真心一起埋葬，从此不再做那个痴心错付的鱼幼薇，只做放浪形骸的道姑鱼玄机。

精致的板壁小楼上，"鱼玄机诗文候教"七个大字墨迹未干，风流才子已闻讯而来。他们来往唱和、郊游宴饮、诗词佐酒，只要她高兴，每个人都可以成为她的入幕之宾。长安城风月无边，她艳名远播，独占一席。

若是就这样肆意潇洒地度过一生，也不失为一种酣畅淋漓。

经历了老师的拒绝和状元的抛弃，本应波澜不兴的一颗心偏偏又蠢蠢欲动，狂蜂浪蝶里，她对精通音律、俊逸倜傥的乐师陈趢情有独钟。何其可笑，明明已经身陷污秽，她却偏偏不死心地要在满目污秽之中挣扎着求一方净土，求一颗不离不弃的真心。

这一日，她外出会友晚归，错过了陈趢的上门拜会。余晖那样柔和，将观门口暧昧拉扯的两个身影拉得那样颀长，无声却刺目。辜负和背叛，惶恐和绝望，从未愈合的伤口再一次被血淋淋地撕开，熊熊的怒火燃烧掉她所有的理智。盛怒之下，她手持棍棒，用尽所有的力气将背叛她的婢女绿翘活活打死，四溅的鲜血在她的罗衫上遍开了血色的花，像奈何桥畔开了一路的彼岸花，那样绝望。

"焚香登玉坛，端简礼金阙。明月照幽隙，清风开短襟。绮陌春望远，瑶徽春兴多。殷勤不得语，红泪一双流。云情自郁争同梦，仙貌长芳又胜花。"被判腰斩，她用一首绝唱告别她所爱过的烟火人间。她在爱情里淋过雨，却忘记了给别人撑一把伞。三次遇爱，三次情伤，她没想过把匕首刺进负心人的身体，最终却误了卿卿性命。

我不知道，或许她也不知道，远在千里之外，鞭长莫及的温庭筠，得知她的噩耗之后会不会生出些许后悔。他一生流连秦楼楚馆，作为风月场上的过客，从不曾真心爱过任何一个人，从始至终放不下的，一直是他手把手教养出来的小徒弟。他捧在手心里养大的小小少女，配得上这世间所有的美好，他自以为是地安排好她的归宿，却不知道那是一条让她通向奈何桥的不归路。

　　她所有的错，或许只是在豆蔻梢头二月初的年纪，离经叛道地爱上自己的老师。可惜时光不可以倒流，人生不可以重来。这一生，从纯情到滥情，她不断被人辜负，或许后来也不断辜负别人。若有来生，愿她生来平安喜乐，一世有人庇佑。"易求无价宝，难得有心郎"，愿有红妆十里，迎她入骨相思，哪怕荆钗缟发，也可共度风雨；愿她的诗里再没有忧愁，写尽少女怀春、梁燕入画、林间望月、夜时听琴，以及这世间所有美好。

　　如此，才可以填补她这一生所有的遗憾。

愿得一心人，白头不相离

有些爱情，像昙花一现，来时烟火璀璨，去时荒无人烟。盛开时多么轰轰烈烈，凋零时全部败给时间。经历了波澜，却熬不过平淡，走过了四季，却守不住流年。像汉武帝和卫子夫，从举案齐眉到反目成仇，初见时惊为天人，他给了她无双的荣宠，却在色衰爱弛后逼得她最后自尽而亡。像陈圆圆和冒辟疆，绝代佳人和江南才子，鸳盟还在，锦书却已难托，她在战乱中被争来抢去，如一叶浮萍飘零，他却转身另娶了他人。又好似卓文君和司马相如，初见时那样妙不可言，变心后始乱终弃，誓言里的一世深情都成了笑话，也成了她一生求而不得的奢望。

古今多少事，都付笑谈中，又有多少文人墨客，最爱歌咏她素衣布履当垆卖酒，贫贱夫妻不离不弃。李白有诗遥想当年："正见当垆女，红妆二八年。"李商隐也由衷赞叹过："美酒成都堪送老，当垆仍是卓文君。"店铺外酒旗临风，街道上熙来攘往，十八岁的少妇红装明艳，青春靓丽。在那个礼教森严、尊卑有序的封建年代，是谁给了曾经的天之骄女这样的勇气，心甘情愿地为他抛头露面？唯有对他最深沉的爱，如星辰般璀璨，照亮了她生活里所有的暗淡。

最是那一低头的温柔，美好的爱情典范大抵是她当时沉甸甸的心意：只愿君心似我心，定不负相思意。回想当初，她寡妇新丧，重回临邛，父亲卓王孙家财万贯，对她更是疼爱有加，哪怕她回家时的身份变了，也宠她爱她如初。身无长物的司马相如和临邛县令王吉来往甚密。一日，他们携手共赴卓家宴请，他相貌出众又才华横溢，满座宾客都被他的翩翩风采折服。或许蓄谋已久，或许机缘巧合，酒至半酣，他弹奏一曲《凤求凰》，身姿潇洒、技惊四座，也让躲在门后偷看的卓文君无可救药地爱上了宴会上惊才绝艳的他。他趁热打铁，买通她的侍者向她转达浓烈的爱慕之情。爱情的萌芽仿佛就是智慧的结束，熊熊爱火燃烧掉她所有的理智，心潮澎湃的她甚至来不及思考，身体就已经迫不及待地连夜离家，义无反顾地奔向她认定的那一束光，忘记了聘者为妻，奔则为妾，忘记了白发双亲。

夜奔的事情很快败露，脸上无光的父亲勃然大怒，懊恼地断绝了对她的所有经济支持。无所畏惧的她，一路风尘地奔波，辗转跟他回到成都。他家徒四壁、一贫如洗，穷得那样明晃晃，即使有情饮水饱，但从未吃过生活的苦，她看得呆若木鸡。可是自己选择的路，哪怕荆棘遍地，哪怕悬崖峭壁，已经没有了可以回头的路，哭着也要走下去。何况，她从未想过回头，她想要的一直是和他朝朝暮暮、年年岁岁相伴。她毫不犹豫地典当了所有首饰，脱下华服，布衣荆钗地返回临邛，擦干眼泪笑着亲自站在垆前卖酒，不忘指挥着光风霁月的他在闹市中与雇工们一起洗涤酒器。

看不下去的亲友纷纷相劝，或许已然消气，或许担心颜面扫地，或许是想着给了女儿台阶她就会下，卓王孙最后还是分给文君家奴一百人，钱一百万，以及她初嫁时的各种财物用具。以爱为名，赌上了一切的司马相如终于得偿所愿，从此衣食无忧、富贵无极，不再风餐露宿、漂泊无依。如果从此平安喜乐、岁月静好，也不失为她和他人生中的幸事。

彼时朝堂风云变幻，皇帝意气风发，二十岁的少年天子被司马相如的《子虚赋》的恢宏气势和瑰丽的辞藻深深折服，很快任命他为郎官。饱暖思淫欲，饥寒起盗心，一朝飞黄腾达，他开始嫌弃当初与他夜奔的糟糠之妻，心心念念要纳娇嫩的茂陵女子为妾。世事如云，人心易变，感动千古的爱情依旧逃不过现实的悲剧，王子和公主的童话或许并不是都有美好的结局。

那些曾经的患难与共和情深意笃，那些过去的贫贱不移和携手共度，早已成了只想忘记的过眼云烟。他在荣华富贵里迷失了自己，忘记了那晚的月色那样撩人，她投向了他的怀抱，照亮了他那颗暗淡无光了一年又一年的心。发迹后的他在长安凉薄得彻头彻尾，而远在千里之外的她只能悲喜自度。痛过，哭过，悲伤过，万般心绪都在这一首《白头吟》里倾泻而下："皑如山上雪，皎若云间月。闻君有两意，故来相决绝。今日斗酒会，明旦沟水头。蹀躞御沟上，沟水东西流。凄凄复凄凄，嫁娶不须啼。愿得一心人，白头不相离。竹竿何袅袅，鱼尾何簁簁！男儿重意气，何用钱刀为！"

烟火红尘里汲汲营营，哪怕丧夫新寡也浇不灭她的少女情怀，深闺里总渴望被真挚专一地爱，免她半生孤苦，免她半世无依。初遇时一见倾心的这个男人，她捧一颗滚烫的真心虔诚地奉上，为了他背叛了俗世，背叛了所有，她愿以一束光的形式抵达，填满他内心所有深不见底的沟壑，用她的全部温柔陪伴他，看尽三千繁华中，这一世红尘。可惜红颜未老，他却已喜新厌旧，当初的信誓旦旦犹在耳畔，只是春风不回返，往日恩先断，她对他所有明目张胆的喜欢，都成了他余下生命里不愿背负的累赘。他迫不及待地想要将她抛弃。

"愿得一心人，白头不相离。"只想要一个人和她不离不弃，一辈子只爱她一个人，江湖河海水流不息，誓言便不背离。执念那样赤裸裸，她只想做他生命里不可或缺的柴米油盐酱醋茶，余生很长很长，时光很暖很暖，爱到天荒地老，他若不离不弃，她便生死相依。动了心的女人，终究还是高估了自己，也高估了身边的那个他，他像冷风般匆匆万里，不会再有归期。"闻君有两意，故来相决绝。"此情本应长相守，婚姻撕破爱情的锦被，你若变心我便休，从此一别两宽，各生欢喜。

或许是幸运，或许是不幸，在那个诗词歌赋盛行的年代，《白头吟》让他们的爱情故事更加广为人知，或许为了维系自己的名声，或许担心从此失去圣宠，这场风流韵事最后以他的退让而告终。

赢了抑或是输了，隔着两千多年的历史尘雾，作为后人的我们已无从评说。于他而言，或许爱情的开始只是无可奈何的谋划，那样热烈的追求都是费尽心机的算计，落魄时乘过风、借过力，富贵时没有反目成仇、抛妻弃子，他已是仁至义尽。于她而言，金风玉露一相逢，便胜却人间无数，十八岁那年的轰轰烈烈，已经消耗掉她所有剩下的勇气，他是她音乐的知音、文学的挚友、爱情的鸳侣，她这朵人间富贵花，心甘情愿地为他蜕变成疾风里的劲草，一起淋雨，一起经霜。

光阴无情幻变，思绪如风绵长，"愿得一心人，白头不相离"。那些一生一世一双人的可遇而不可求，千百年来几乎所有人都在孜孜不倦地追求。白蛇与许仙，哪怕雷峰塔倒、西湖水干也不肯分离；梁祝化蝶，生不同寝死也要同穴；孔雀东南飞，白发不能同枕席，那便共赴黄泉再为友；董永天仙配，只羡鸳鸯不羡仙……自从遇到你，从此余光是你，余生也是你，过去是，现在是，未来也是。

流年里曾经遇见，像两粒微小的尘埃在红尘里共赴了一场饕餮盛宴，情不知所起，相思只赋他一个人。她戴着他买给她的戒指，盈盈灯光映着她纤细的手，葱白手指上素圈的黄金戒指，泻下一抹璀璨的星光，光泽惑人，异常好看。捻指环，相思见环重相忆，愿君永持玩，循环无终极。他喜欢带她吃饭，一家一家饭店慢慢吃遍，眼眉弯弯地给她夹菜，低沉地讲述那些自己从小到大最隐秘的往事。空闲的时候，他会记得每天给她打一个电话，白天的喜怒哀乐、所见所闻，絮絮叨叨，一桩桩、一件件娓娓说与她听，只给她听。她念念不忘，他必有回响。日日复月月，岁岁复年年，攒下了那么多平淡却美丽的琐碎回忆。

"愿得一心人，白头不相离。"穿越时光的隧道，往事件件掠过她的心头，或许文君心心念念的，也不过是和她眼前的这一个人那样：他字字不提我喜欢，但句句都是我愿意。

如此，便可心安。

迢迢牵牛星

　　写尽多少游子之歌、思妇之词，读来多少离愁别恨、漂泊蹉跎。这是汉代文人五言诗的顶峰，南朝著名的文学理论家刘勰夸赞其为"五言之冠冕"。《古诗十九首》，五千年文学史上一个熠熠生辉的名字，《昭明文选》里最光彩夺目的一颗明珠。

　　它用最朴素自然的语言倾诉最哀怨的彷徨失意，白云苍狗皆是过客，欢喜忧愁转瞬匆匆。人生那样无常，世事总是难料，那些无法预料的起点与终点、生离和死别、甜蜜和悲伤，终究不过是大梦一场。

　　《行行重行行》唱尽了岁月中的那曲相思离乱之歌："行行重行行，与君生别离。相去万余里，各在天一涯。"他总是浪迹天涯，月光照不亮回家的路，徒留她独守空房，天涯路远，山高水长，却小心翼翼地不敢问他的归期，唯有在心里默念君安。思念如雨，淋湿了回忆，也唤醒了曾经那些甜蜜的涟漪，带着微微的苦涩。《明月何皎皎》里久客异乡、辗转难眠的游子形象跃然诗中："明月何皎皎，照我罗床帏。忧愁不能寐，揽衣起徘徊。"明月千里共照，月光如水遍洒，夜已深沉，浩浩荡荡的思绪却翻天覆地地卷起，思念如同风过江面，卷起了惊涛骇浪，再也无法平复。他拥衾而卧却忧思难眠，揽衣徘徊亦无可奈何。《青青河畔草》道不尽独守空房的少妇对举案齐眉烟火生活的极度向往："昔为倡家女，今为荡子妇。荡子行不归，空床难独守。"她早已逃离烟花地，洗尽胭脂，心甘情愿地为他洗手做羹汤，可惜哪怕是天时地利人和，她却还是败给了无常的命运，羁旅忘返的男子，忘记了回家的路，也忘记了等待的她。

然而，反复咀嚼过所有诗句，读来最令人意难平的，还是这首借牛郎织女求而不得的爱情悲剧哭诉人间夫妻人月两难圆的《迢迢牵牛星》："迢迢牵牛星，皎皎河汉女。纤纤擢素手，札札弄机杼。终日不成章，泣涕零如雨。河汉清且浅，相去复几许？盈盈一水间，脉脉不得语。"《古诗十九首》里最美的情诗，情真意切中相思怀远，婉丽缠绵里泪眼蒙眬，读来缠绵悱恻，情丝缱绻。

织布机上的五色烟罗流光溢彩，那是她用一双巧手日夜所织，满心欢喜地挂在天际，成为世间最美的风景，让无数人流连。

那一日，她厌倦了樊笼里日复一日枯燥乏味的织布生活，于是私自下了凡间。人间的池水清澈见底，像一汪干净的眼泪，她忍不住脱下仙衣入水，将一身尘垢和疲惫在水波粼粼中洗去，笑语欢声洒落一池，转瞬回荡在山林。闻讯而来的牛郎受老牛的指点，悄悄藏起了她的仙衣，干脆利落地断了她回家的路。两个人一见钟情，终究逾越了一切，爱得炽烈如火的她义无反顾地嫁给了一穷二白的他，在荒野山乡过上了男耕女织的简单生活。当他眼里的光点亮了她的眼睛，便是这人间最美的邂逅。可惜得知真相的王母异常震怒，派遣天兵天将无情地将她捉回天上，身后是披着牛皮渐追渐近的牛郎。肩上挑着的箩筐里，两个孩子正一声声凄厉地呼唤。王母冷笑一声，手中冰凉的簪子划过半空，银河水滔滔不绝落下，瞬间横亘在他们中间，波涛那样汹涌，拦住了去路，前方的织女早已经遥不可及。除了每年的七月初七可短暂踏上由无数喜鹊搭成的弯弯鹊桥，今生今世，他们已经没有了再次相见的可能。

贫瘠的土壤里开出了一朵小小的、唯美隽永的爱情之花，凄美的爱情故事总是会扣动人心底的弦。"盈盈一水间，脉脉不得语。"没有肝肠寸断，没有锥心刺骨，没有号啕大哭，也没有肝胆俱裂，然而得到过再失去，灿烂过又枯萎，品尝过爱情的甘甜，得而复失的遗憾更令人扼腕叹息。从两汉到三国，从魏晋到唐宋，从明清到民国，短短五十个字，却在时光的磨砺里愈见光泽。

年少不懂爱，青春懵懂的年纪，情窦初开时读到它，我小小的脑瓜里总有挥之不去的困惑：纯洁美好、无所不能的小仙女，为什么放着门当户对的那么多神仙不爱，偏要无可救药地爱上这个一贫如洗的凡人？那个凡人，偷看她洗澡，藏起她的仙衣，阻挠她回家，铆足了劲儿想得到她。而他家徒四壁，人间女子都无人肯嫁，是谁给了他勇气，先做登徒子，再得寸进尺向她当众求爱？小小的我翻遍了所有可以翻阅的书籍都找不到答案。"用人物，须明求。倘不问，即为偷。"仁义礼智信，老祖宗从小给予我们的教育，是不劳而获犹如盗，是不问自取是为贼。小仙女可以爱上穷小子，但这个穷小子，一定要自身优秀到足以填平所有的沟壑，一如富家女卓文君会一见钟情地爱上家徒四壁却才华横溢的司马相如。

人的心中总有一片遥不可及的星空，照亮心底所有的欲望，跨越千山万水依旧无法触碰，或许所有现实生活中的可望而不可即，都会固执地化作诗意的语言，求一个幻想中的所愿皆所得。

渴望称心如意，但人生不如意事十之八九；盼望心想事成，但前路曲折遍布荆棘。《迢迢牵牛星》成诗的年月，正是乾坤动荡的东汉末年，外戚宦官轮番专权，士族权贵自顾不暇，一事无成的小小读书人和那南飞的乌鹊一样无枝可依，他们所有的期盼早已被这个无常的世界一寸寸扼杀。无可奈何地离乡背井，肝肠寸断地抛妻弃子，从此落花不再生芳香，流光一去难回头，那些难以言说的苦和痛，只能借牛郎织女的故事抒写人间离别的哀怨。白璧微瑕的牛郎何尝不是他们自己：孑然一身，江湖漂泊，穷困潦倒，无以为家。可是牛郎何其幸运，可以邂逅一个那样善解人意、不离不弃、安贫乐道的美丽小仙女。有织女倾心于牛郎，那心甘情愿委身于他们的小仙女，天上人间，碧落黄泉，到底又在何处？

隔着"盈盈一水间"的相思泪，在渐渐长大了的我的心中五味杂陈，在生活的苦辣酸甜里摸爬滚打过半生，起起落落里渐渐有些回味牛郎织女的这一段旷世之恋。浅浅月光下，书页因风翻卷，书香氤氲的扉页上，昭明太子萧统的名字清晰地映入我的眼帘，遥想风云变幻的南朝，这个把《古诗十九首》收录进《文选》的昭明太子又是何等的惊才绝艳。

　　他的起点已是他人可望而不可即的终点，两岁被立为太子，小时候就聪慧过人，读书过目不忘，长大后风度翩翩，竟然还有潘安之貌，老天爷似乎把世间万千宠爱独给了他一个人。或许上天自己也觉得偏宠过了头，于是把偏宠给了他，却转眼又把寿命收了回去。因了"蜡鹅厌祷"一事，这对从前父慈子孝、相处和谐的天家父子也渐渐产生嫌隙，委屈恐惧的日子里，他担惊受怕以致缠绵病榻。那一年三月，桃花风起，梨花纷落，漫天春色里，他病体稍觉恢复，便乘兴坐着画舫在莲花池里游玩散心。杏花微雨，小荷清风，莲舟穿行于水面，他静静靠坐在船艄，红尘里所有的烦恼都在这一刻的心旷神怡里抛却。谁知乐极生悲，突如其来的大风将小舟掀翻，他不慎掉落水中，极力挣扎中被人奋力救起，本已好转的病势急转直下，不久便与世长辞了。

　　他短暂又绚丽的一生，如同流星划过夜空，虽然转瞬即逝，却也留下了永恒的璀璨。他主持编撰的《文选》选录了先秦至南朝梁的诗文辞赋七百余首，是中国现存最早的大型诗文总集，对后世影响深远，也足以让他青史留名。生如烟花璀璨，一路顺风顺水，直到病入膏肓，三十一年里唯一的意难平，或许是他代父出家于香山寺时，邂逅的那位清秀女尼。"南朝四百八十寺，多少楼台烟雨中。"他的父亲梁武帝笃信佛教，曾在国内兴建寺院、繁荣佛教。他为了潜心修编《文选》，以山水诗书之名远离权谋，曾有一段时间入住于香山寺。红豆树下，秀丽的尼姑慧如嫣然回顾，人面桃花在春风里浅浅含笑。

他一见倾心，顿生爱慕之情，可惜太子和尼姑云泥之别，这对有情人注定难成眷属，慧如飘然离去，不久相思成疾而终。

"终日不成章，泣涕零如雨。"他在整理翻阅这首《迢迢牵牛星》时，眼中的缱绻应该再也遮掩不住。无边无际的银河横亘在他和慧如的中间，牛郎织女尚且还有一岁一七夕，而他和她，早已经阴阳两隔。最悲伤的思念，是我还在人间，而你已入黄泉，是夜深人静时的孤枕难眠，是回忆翻涌后的心如刀割。

"盈盈一水间，脉脉不得语。"隔着清浅银河，盈盈水波，牛郎和织女含情脉脉，痴痴凝望。于牛郎织女，这是"相见时难别亦难"的情难自抑。而于他和她，却是再无可能的人间奢侈。

十年生死两茫茫

　　月白花繁，午夜梦回，梦里的奈何桥畔，彼岸花蜿蜒千里，如火如荼，忘川之水缓缓流淌，无数的孤魂野鬼在欲望的蛊惑下挣扎沉浮，世间万物的生死轮回在这里无限循环，没有尽时。架锅煮汤的孟婆日复一日地驻守桥边，投胎转世的鬼魂在这里依次排队，仿佛忘尽了前世之事，就拥有了在红尘里轮回的机会。然而有的人心中总有畅饮忘川水、喝尽孟婆汤也无法忘怀的人，终是镌刻在灵魂深处，起风时回忆，落花时思念。

　　浅喜似苍狗，深爱如长风，从上古歌谣《弹歌》而始，五千年历史，有多少慷慨激昂，就有多少潸然泪下。有声当彻天，有泪当彻泉，北宋大文豪苏轼悼念亡妻王弗的《江城子·乙卯正月二十日夜记梦》就是这样，无一字不情真，无一句不意切，流传千古的悼亡诗里，一定有它的一席之地。

　　"十年生死两茫茫，不思量，自难忘。千里孤坟，无处话凄凉。纵使相逢应不识，尘满面，鬓如霜。夜来幽梦忽还乡，小轩窗，正梳妆。相顾无言，惟有泪千行。料得年年肠断处，明月夜，短松冈。"十年的光阴弹指而过，芳华纵逝，她的倩影依旧徘徊梦里。岁月交叠，时光变幻，那一晚倦鸟归巢，明月朗照，她倚窗而坐，对镜描眉，他携清风入怀，枕一帘情思入梦。朝思暮想的两个人，似有千言万语，却不知从何说起。回首往昔，那些执子之手的朝朝暮暮，那些与子偕老的两情相悦，在脑海中那样清晰。无声滑落的泪湿了脸颊，润了鬓发，梦里的妻子音容宛在，眼前人一颦一笑一如从前，他痴痴地望，早已肝肠寸断。

梦里不知身是客，醒来泪已湿枕边。思绪如风筝，将他带进那个掬水月在手，弄花香满衣的春季。中岩书院旁的绿幽潭中，一泓池水清碧深幽，水色山光互相辉映，无限风光旖旎如画。造物那样神奇，总令人难以置信，每每有人拊掌，潭中就会有鱼儿欢快跃起，往来嬉戏，蔚为壮观。进士王方来了兴致，携一众秀才在绿潭前投笔竞赛，为这还没有名字的清潭取名。仿佛冥冥中自有注定，苏轼与王方爱女王弗心有灵犀，双双将它题名为"唤鱼池"，那些悠然的情趣，那些风雅的意蕴，竟然不谋而合，韵成双璧。少年朗眉星目，摇头低吟，风度翩翩，门帘后少女的裙裾一闪而过，嘴角的笑意瞬间羞红了陌上的繁花。这一刻，才子佳人浪漫邂逅，分明是冥冥之中的天赐良缘。

十九岁的少年郎意气风发，他如愿以偿地娶了当初烙在心上的风雅小姑娘。那时的他尚未名满天下，也不曾进士及第，他还未如春花明月般光彩夺目，也没有遭遇屡次被贬、颠沛一生的种种苦难。小小一间书房，他读书时她烹茶，他习字时她研墨；赌书消得泼茶香，偷得浮生半日闲。从此岁月静好，安暖相伴；从此恩爱情深，共许白头。他未曾打听过她的过往，只满心欢喜地惦记着花前月下的每一个明天。她像一颗磨砺千年的珍珠，低调内敛，却浑身散发着温润的珠光。聪慧如苏轼，背书时也会忘词，卡壳时也会拿书背懊恼地拍一下自己的脑袋。她偏过头抬手掩袖，抿嘴微微一笑，不疾不徐地温柔提醒身边的少年郎。他惊诧不已也欣喜万分，才明白这位与他结为夫妻、恩爱两不疑的枕边人，是何等的蕙质兰心。

人生得一知己，足以慰风尘；心中有一至爱，余生温且暖。她是他整个少年时代的至爱，是盛开在他心里永远的白莲，也是他高山流水般的知己，知他、懂他、爱他。婚后第三年，春风得意马蹄疾，一日看尽长安花，苏轼金榜题名，高中进士。他志得意满地带着妻子前往凤翔府上任，开始独当一面。他胸无城府，身边人鱼龙混杂，他却永远也学不会甄别，总是天真地坚信身边来来往往的都是好人。她心细如发，最善察人，他在厅堂高谈阔论会客，她便端坐屏后细细聆听，仅凭幕后听言，她判断来人的品行却几乎没有出错。

同榜进士章惇未曾发迹之时曾来探访苏轼，两个人谈诗论道，宾主尽欢，苏轼好不畅快。王弗却在他走后直言不讳地评价他首鼠两端、毫无主见，表面迎合奉承，内心阴险奸恶。彼时苏轼还不以为然。许多年后，苏轼因写下"白头萧散满霜风，小阁藤床寄病容。报道先生春睡美，道人轻打五更钟"的诗句，在花甲之年再遭贬谪。心灰意冷的他在当时最荒无人烟的儋州徘徊月下，遥望大海，几欲落泪。他仕途上最大的政敌在拜相得势后毫不留情地将他远远贬去了未曾开化的天涯海角。"东坡不幸海南幸"，从此，北宋文坛最耀眼的光芒照进了这座未曾开化的海岛。而提议皇帝远远将他贬谪的那个人,就是当年对他俯首帖耳、与他把酒言欢的章惇。几十年过去,王弗早已经长眠在地下,可她当日的逆耳良言依稀还在耳畔,聪明如苏轼,由衷地自叹不如爱妻的识人之能。

何其有幸,是上苍垂怜,是命运馈赠,在那个盲婚哑嫁的时代,老天爷那样眷顾着他,虽然没有跌宕起伏,没有轰轰烈烈,可是人间烟火气,最抚凡人心。那些简单真实而美好的瞬间,花前月下,耳鬓厮磨,打打闹闹,拌嘴怄气,细水长流,进入苏轼的心田,平凡而温暖,足以慰平生。可惜情深不寿,慧极必伤,天命总是那样无常,二十七岁风华正茂,王弗却在最好的年纪离开了人世,也离开了她最爱的苏轼。她往红尘里走这一遭,在最好的年纪遇到最踌躇满志的苏轼,她对他最长情的告白,是全心全意陪伴他风风雨雨十一年,相濡以沫,不离不弃。

心晴了又阴,月圆了又缺,从微时相识到与她阴阳相隔,从朝朝暮暮到点点滴滴,他越想淡忘就越想念,越想尘封就越清晰。岁月无声,来去无踪,失去了心有灵犀的妻,他半生屡遭贬谪,几乎浪迹北宋的大半疆土。仕途接连失意,他不得不寄情山水,钟情笔墨,却也因此好诗连连,好词频出,在文坛大放异彩,留下许多历久弥新的佳作。

第一次被贬黄州,是他无辜卷入令他人生最为灰暗的"乌台诗案",历经九死一生,被贬谪而来。跌进人生最低谷的时候,他吊古伤今,以图自励。他写下《赤壁赋》"飘飘乎如遗世独立,羽化而登仙"的旷达乐观,他月下泛舟,山间的明月有色,江上的清风有声,他看山看水,看人生的无常,也看天地的无私。他徘徊在山山水水之间，学会了自得其乐。他从阴霾里走出，开始涅槃重生，他写下《定风波·莫听穿林打叶声》"一蓑烟雨任平生，也无风雨也无晴"的乐天知命。春日出游，偶遇风雨，同行的人没有雨具，只觉得狼狈不堪，他却在风雨之中泰然处之，悠然前行。他望着滚滚长江，思绪沉浸在过往的惊涛骇浪之中，他写下《念奴娇·赤壁怀古》"乱石穿空，惊涛拍岸，卷起千堆雪"的荡气回肠，长江水滚滚东去，淘尽了三国风流人物，曹操横槊，孙权射虎，诸葛亮隆中定策，周瑜卓尔不群。山河如此壮丽，人生却如一梦。

　　第二次被贬惠州，他已经泰然自若。他把自己当作了土著，随遇而安，写下《惠州一绝》，"日啖荔枝三百颗，不辞长作岭南人"。罗浮山下四季如春，盛产枇杷和杨梅，他学会了在逆境里流连风景，也学会了在泰然处之中体察风物。这片北宋时期大名鼎鼎的蛮荒之地，何其有幸，能与他邂逅，相遇相知，最终擦出了热爱的火花。

　　第三次被贬儋州，他白发苍苍，仍被贬去那个孤悬海外的蛮荒之地，是何等令人绝望。垂垂老矣的大文豪，再次跨越一千五百里的山山水水，从惠州无奈地奔赴被称为天涯海角的海南岛。他登高北望，目之所及，只有一片茫茫的海水。"垂老投荒，无复生还之望"，白发这样苍苍，路途那样遥远，隔着千山万水，退无可退，他踏上儋州这座荒岛的时候，或许就已经做好了葬身海岛的准备。

　　人生如逆旅，他亦是行人，步履不歇地穿梭在不同的山水间，乐天知命地停留在不同客栈。庐山烟雨浙江潮，淡妆浓抹总相宜，见山知山，见水乐水，他笔下的一山一水、一风一雨、一花一叶都被他赋予了生命的宽度。一直在路上，从未停下过脚步，天地悠远里，他尝尽思念的百味，才知道结发妻子的情意如此绵长。每一个午夜梦回，每一次辗转反侧，他披衣执笔，寥寥几笔，熟稔浓淡勾勒。"十年生死两茫茫，不思量，自难忘。"

十年，又十年，他真的，未曾忘怀。

卷一 · 十年生死两茫茫

深巷明朝卖杏花

桃花风起，梨花纷落，艳了繁花，醉了春水。四月暮春，微风送暖，细雨轻飞，一帘春雨淅淅沥沥，湿了青草，催了柳枝。

莺啼雀鸣的清晨，天光已是微明，静成一幅江南水墨的小巷也在霞光渐染里生动了起来。挑着担子的卖花人迎着渐起的晨光，步履轻盈地转过街角，穿过孩儿巷口，篮中隐隐约约可见姹紫嫣红开遍，明媚春光无限。

沾了晨露的杏花粉面含羞，艳态娇姿仿佛占尽春光，卖花人微笑着将手中的这一枝春色递给梳着双环髻的小丫鬟，转身没入巷尾的阴影中。高高的二层小楼上，倚窗而立的唐琬茕茕孑立，素衣长裙，眸色沉沉，鸦鬟斜钗，泪光点点。

"世味年来薄似纱，谁令骑马客京华。小楼一夜听春雨，深巷明朝卖杏花。矮纸斜行闲作草，晴窗细乳戏分茶。素衣莫起风尘叹，犹及清明可到家。"春雨初霁时分，她曾经满心爱恋的夫君，那个在两宋诗坛留下浓墨重彩一笔的南宋爱国诗人陆游，在她所栖居的这座小楼里，铺开短纸，提笔展眉，写下了这首字字珠玑的不朽诗篇。

郎骑竹马来，绕床弄青梅。年少时结下的情谊如茶似酒，纯真而又浓烈，两个人也曾幻想执子之手，共赴白头，也曾诗词唱和，羡煞旁人。幸福生活里的光阴总是如指缝的沙砾，匆匆逝去，奈何世间总有种种桎梏阻碍，让相约白首的两人因为陆游母亲蛮不讲理的坚持休妻而成为彼此生命中错身而过的遗憾。面对如泰山压顶的棒打鸳鸯，所有的等待和坚守都在时间的流逝里被现实击得溃不成军，最终各自再嫁再娶。从此，有情人天各一方，劳燕分飞，相忘于江湖。

遭休弃后曾被陆游偷偷安置在此的唐琬，在深深幽巷里度过了无数个孤枕难眠的夜。推窗望去，冷月泠泠，清辉遍地如霜；白墙黛瓦，岁月光影斑驳。春雨浸湿二楼的书房，她披衣而立，提笔黯然："小楼谁共听春雨，折断残红孰可怜。"自哀自怜，自怨自诉，一怀愁绪，早已注定了无计可消除。

向来情深，奈何缘浅。流连心头最终劳燕分飞，缠绵悱恻换来痛彻心扉。分别多年后，两个人在绍兴沈园再次邂逅，漫天的微卷流云里，滴着露水的杏花开过一春，早已凋零在那个春天的细雨里。十年光阴弹指间，既长又短，当年那个才华横溢的磊落少年，早已沈腰潘鬓消磨，不再意气风发。

对于其他人来说，世间最好的相遇或许就是久别重逢，于他们而言，如果重逢不能停留，相见依旧心痛，不如永远不遇、不见、不想念。所有当初的无可奈何早已化作前尘往事，两个人的生活也有了完全不同的轨迹，命中注定了求而不得，那么各奔前程，相忘于江湖才是最好的结局。可是老天偏偏又安排了这一场猝不及防的邂逅，命运给予了他们最温柔的捉弄和最无情的相见，那些深沉的遗憾镌刻在心上，早已经无法弥补。不期而遇的四目相对，曾经最恩爱的夫妻如今成了最熟悉的陌生人。千言万语只剩下无言凝望，惊喜、痛苦、无奈、思念，在彼此的泪光里翻涌又褪去。

"东风恶，欢情薄，一怀愁绪，几年离索。错，错，错！""桃花落，闲池阁，山盟虽在，锦书难托。莫，莫，莫！"最是深情留不住，唯有两阕《钗头凤·红酥手》，徒留半世伤心人，更让从沈园郁郁寡欢回到家中的唐琬在以泪洗面中香消玉殒。

满池的碧水带走寂寞的春红，春水微漾里，佳人的倩影宛然如故，翩若惊鸿。"伤心桥下春波绿，曾是惊鸿照影来。"白发的诗人，从此年年燕回，必往沈园流连；从此年年凭吊，必诗必词必寄情。"路近城南已怕行，沈家园里更伤情。""城南小陌又逢春，只见梅花不见人。""城南亭榭锁闲坊，孤鹤归飞只自伤。"林花谢了又盛，日日复月月，岁岁复年年。八十二岁的耄耋之年，他已是苍苍白发，步履蹒跚，然而落在纸上的诗句一首接着一首，思念从没有因为年龄的增长而停止，它不再波澜壮阔，却在白发苍苍的年纪里依旧绵绵不绝，那些热烈的诗句我们现在读来，缱绻之情依旧未减反增，悲伤之情充溢楮墨。

然而辜负终究是辜负，薄情依旧是薄情，悲又何用，痛又奈何？就算时光倒流，光阴重来，带着隔世的记忆，面对盛怒的母亲、柔弱的妻子，他匍匐在孝道的深渊里，每一次的选择只会如旧，也只能如旧。

"世上安得双全法，不负如来不负卿。"身为六世达赖，通晓古今的仓央嘉措做不到，饱读诗书、事亲至孝的陆游更做不到。他所有的铮铮铁骨和一腔热血，所有的慷慨激昂以及义无反顾，全都奉献给了他一生牵挂的抗金大业。而唐琬，他的妻啊，他再喜欢、再爱怜，也始终是他不得不舍弃的那一个。面对他所执着的家国天下，他也曾愤而悲歌："故人万里达欲死，九曲黄河生死别。"这一生，他愿与家国共生死，更誓与三军同存亡。他也曾潸然泪下："此生谁料，心在天山，身老沧州。"壮志未酬人已老，故园空隔万重山，何其悲壮，何其怆然。午夜梦回，字字句句写满他的不甘："夜阑卧听风吹雨，铁马冰河入梦来。"一心报国却遭排斥，满腔豪情散落梦中，梦里有他可望而不可即的挑灯看剑，吹角连营，分麾下炙，沙场点兵。乃至他的绝命诗里依旧是对故土的无限牵挂："王师北定中原日，家祭无忘告乃翁。"每一句诗里，爱国的热忱催人泪下，一片丹心照汗青，其忠心令人动容，其爱国令人敬佩。唯独面对母亲，面对唐琬，他失去了所有的勇气和气概。

金戈铁马给了家国天下，唯愿山河无恙，烟火寻常，人间皆安。缠绵悱恻给了儿女情长，曾盼鸳盟长铸，永以为好，连理同结。他的一生，总在遗憾里错过，错过，再错过。山河破碎，风雨飘摇，他殚精竭虑，在荆天棘地里奔走呼号，却始终壮志难酬，江山难统。鸳盟难续，爱妻难留，他有心无力，无法抗争，只落得劳燕分飞，生死两隔。

读他那一首首荡气回肠的爱国诗篇，总会不由自主地热血沸腾，或热泪盈眶，油然而生一种敬他、爱他之情。读他那些求而不得的寄情诗，又总哀其不幸，怒其不争。人世间的樊笼那样多，褪去爱国诗人的光环，他也是凡尘俗世里一个平凡的男人，被孝道的大山沉沉地压在身上，怎么也挣脱不了。踽踽独行，负重数十年，一个人走了很久很久，始终走不出年少时的鸳鸯蝴蝶梦。

书卷翻了一页又一页，词句读过一行又一行，恍惚间有霞光漫过西天的云彩，光影斑斑驳驳落在巷口垂柳，落进高墙檐角。手握一枝红杏的陆游步履轻快地从孩儿巷口匆忙走过，晨光里渐渐清晰起来的红楼也在这一刻苏醒。似有所感，他抬头，俏生生倚靠在窗口的爱人与他的视线撞了个满怀，那样炽烈，那样美好。

愿来生会有星辰开道，会有明月入怀，收集所有的金风玉露，为他与她搭一座隔世鹊桥，求一段人间值得。

本是同根生，相煎何太急

虎父无犬子，那些在历史书页上熠熠生辉的一门三父子，耳熟能详的有诗赋传千古，峨眉共比高的苏洵、苏辙、苏轼父子；也有执笔修《汉书》，提剑复西域的班固、班彪父子；更有健笔纵横天下，成为建安风骨带头人，搅动三国风云，只手建立曹魏政权的曹操、曹丕、曹植三父子。

文坛上竞风流的"三曹"各自独领风骚。"老骥伏枥，志在千里。烈士暮年，壮心不已。"想当年，鞍马为文，横槊赋诗，酾酒临江的曹操何等意气风发，他的《龟虽寿》慷慨悲壮不掩凌云壮志，气魄雄伟犹念自强不息。文武双全的曹丕，从小便是天之骄子，他笔下的《燕歌行二首》是中国现存最早的文人七言诗。"明月皎皎照我床，星汉西流夜未央。"明月皎皎，繁星点点，清辉遍地，永夜未央，隽永的文字包裹着纯真的心，思念如风，那样缠绵悱恻，那样望穿秋水。文采斐然，文辞富丽，曹植以其援笔立成、出口成章的才气独得曹操宠爱。他的诗，骨气奇高，词采华茂，情兼雅怨，体被文质，南朝诗人谢灵运曾盛赞他："天下才共一石，子建独得八斗。"而他七步成诗的故事镌刻在时光的河流里，既让人叹服他的才思敏捷，又让人潸然泪下于他的坎坷遭遇。

"煮豆燃豆萁，豆在釜中泣。本是同根生，相煎何太急？"少年时受盛宠于父亲曹操，曾和同母的兄长曹丕激烈争夺过继承权，但无奈落于下风，最终败北。哪怕是嫡亲的兄弟，君王的权威也不容侵犯，作为臣子的他只能匍匐在地，争封太子的过往让已是龙袍在身的帝王依旧耿耿于怀，金銮殿上的刻意刁难，君要臣死的时候，连寻找的借口都那么敷衍。泪虽滚烫，心却已凉透，短短七步，一只脚还在滚烫人间，另一只脚已踏进阴冷地府。曹植在奈何桥畔徘徊一场，铁画银钩落笔纸上，短短的二十个字，道不尽兄弟阋墙、骨肉相残的痛，也让"江山面前无父子，最是无情帝王家"的冰冷无情照进现实。

月光如水遍洒，冷月清辉如霜，心之所系的甄宓早已香消玉殒，宠他爱他的慈父也已长眠地下。佳人求而不得，亲人生死两隔，皇位失之交臂，远谪穷山恶水。这一刻，前路茫茫归途无踪，所有的光都已熄灭，人生至暗莫过于此。

意气风发的帝王高坐明堂，郁结于心的才子落魄神伤，因为七步成诗侥幸逃过一劫的曹植只能抱着心爱女子的遗物远离庙堂。曾经定情的玉镂金带枕触手生温，形单影只的他睹物思人，只剩下情思缱绻。在返回封地鄄城的路上，他纵目眺望水波浩渺的洛水，恍然间遥见水波翻飞，香风徐来，思之念之的甄宓裙袂飘飘，如仙子凌波微步，入画而来，娉婷立于高高的山岩之上。她以长袖轻轻掩面，嘴角微微含笑，眉目含情地凝望着他，似有千言万语欲倾诉却又无从说起。欢喜来得那样突然，他一瞬间心神摇曳，想要伸手触碰，朦胧倩影却如风忽散，分明近在咫尺，醒来却发现刚才种种不过是南柯一梦。

辗转半生求而不得的女子恍如神女翩然入梦，倩影如魅，他心旌摇荡，痴情难以忘怀。这一刻，文思在他脑海汹涌激荡，锦绣文章一蹴而就："肩若削成，腰如约素。延颈秀项，皓质呈露。芳泽无加，铅华弗御。云髻峨峨，修眉联娟。丹唇外朗，皓齿内鲜。明眸善睐，靥辅承权。"世间万物，情最动人，隔着千年时光，那种令人窒息的美在文字的余韵里依旧扑面而来，梦中的惊鸿一现，已胜却人间无数。

弹指流年，拂歌尘散，曹植、甄宓、曹丕，三个人之间那些剪不断、理还乱的爱恨情仇，或许彼此也曾期待过拨云见日，云开雾散。

至刚至强如山，至善至柔如水。男人和女人似乎天生就可以刚柔相济、相得益彰。然而山水相逢，不负遇见，男人总在强势征服世界之余，尝试同样用霸气征服女人。那些清如芙蓉、艳若桃李、灿如烟火的美丽女子，总是无端遭人惦记，哪怕已是洞房一夜照花烛，卿卿嫁作他人妇。

比如息侯那倾城倾国的桃花夫人息妫。陈国公主初嫁息国，姐夫蔡侯却对她动了邪念，愤怒不已的息侯借助大国强楚的设伏，一举俘虏蔡侯，扫平了心中的恶气。沦为阶下囚的蔡侯哪肯善罢甘休，故意在宴席上添油加醋地赞美息妫的美貌。心动不已的楚王借着巡视的名义来到息国，亲眼见到美人的那一刻，所有的赞美之词都显得那样苍白无力。息妫的美，超越了所有语言的范畴，她俏生生站在殿内，就像是春天里最娇艳的一朵桃花，让他心生怜爱。他不惜发兵攻打息国，只为得到息夫人。国破家亡的危难时刻，她心甘情愿以一己之身换取息国免遭生灵涂炭，以惊人的胆识嫁入楚国，成了楚夫人。

像李后主那我见犹怜的小周后。如假包换的乱世，荒唐奇葩的故事轮番上演，陪南唐后主李煜走完人生最后一段旅程的小周后，她的明眸皓齿被赵光义惦记了很久。登基为帝后，他一次又一次肆无忌惮地传召小周后进宫侍寝，人在屋檐下，身为臣虏的李煜和小周后都只能逆来顺受，直到死亡。

再比如三国时期让几个权倾天下的男人皆倾倒于她裙下的美人甄宓。

波澜壮阔的乱世三国，英雄豪杰轮番登场，如花美眷次第绽放，历史传奇惊艳书写。当时民谣有云："江南有二乔，河北甄宓俏，倾城貂蝉舞，绝世周郎笑。"声名远播的才女，美貌和智慧并存的三国美女甄宓，早在建安初年，就已听从家族安排，嫁给当时四世三公的袁绍的儿子袁熙为妻。总以为细水流年，时光曼妙，可以岁月静好，安稳度日。然而命运多舛，世事难料，建安九年（204），取得官渡之战胜利的曹操率军攻打邺城。破城之日，其子曹丕执剑闯入袁绍府邸。仿佛捎一轮皓月，携一缕清风而来，映入他眼帘的佳人，满脸污垢难掩其脱俗美丽，身着布衣依旧姿貌绝伦。一眼万年，初见已是最美的风景，披头散发、惶恐而泣的甄宓，让这个横冲直撞而来的少年惊叹不已，一心一意地求娶。原本也对甄宓有意，但顾及父子之情的曹操只好忍痛割爱，强颜欢笑地同意了这桩婚事。

得不到的永远在骚动，被偏爱的总是有恃无恐。无人在意她爱或是不爱，也无人问过她愿还是不愿。生逢乱世，命如蝼蚁，身似浮萍，他们以为的心甘情愿不过是身不由己。强权面前，无能为力，所以顺其自然，心无所恃，故随遇而安。

　　然而"最是人间留不住，朱颜辞镜花辞树"。光阴从容流淌，不为任何人低眉，时间的跌宕起伏里，帝王的恩爱从来到不了白头。厌了，倦了，初遇时惊鸿一瞥的斑斓琉璃早已色彩暗淡，她泯然于后宫的莺莺燕燕里，在这一场没有硝烟的战争中败下阵来。黯然伤神里有人独自舔舐伤口，有人早已脉脉含情。甄宓初到许昌时，年少的曹植就已对她暗生情愫，可惜相遇太晚，相爱太迟，没有在正确的时间里遇见他一生最惦记的那个她，只能默默地在心底叹一句："还君明珠双泪垂，恨不相逢未嫁时。"克己复礼的曹植，也只能默默抚慰着甄宓失宠后受伤的心灵。

　　隔着山海远远地眉目传情，偶尔传出的风言风语足够让已登帝王之位的曹丕勃然大怒，随即丧心病狂地将她赐死。三尺白绫，香消玉殒，零落成泥，碾作香尘。新仇旧恨交织，往事缠绕成一本无法翻篇的书页，旷日持久的夺嫡之争早已消耗掉他们所剩无几的兄弟之情。豆萁在锅底熊熊燃烧，豆子在锅里噼啪哭泣，同根而生的两兄弟，也曾荒原野径一路同行，也曾披荆斩棘、同袍而战。"本是同根生，相煎何太急？"兄弟成了陌路，斗得你死我活，问的或许是昔日的兄长，抑或是此刻的自己。或许是文字给予的力量太过强大，那些兄友弟恭的尘封记忆重新翻飞，曹丕微微动了一丝恻隐之心，一纸诏书将曹植贬去穷山恶水之地，令他半生蹉跎，抑郁而终。

　　那些光怪陆离的文字，或许只存在于《世说新语》里虚无缥缈的故事中，或许他们初见并未倾心，再见也未生情，或许那些烛影斧声里的刀光剑影，骨肉相残里的悲欢离合，只是后人的附会臆测。历史的天空里，所有的阴晴圆缺早已化作虚无，悲欢离合都成了过客，烟尘俱散，只余传说。

若是历史可以换一个人执笔，定有无数热爱他文字的人愿为他提起马良的神笔，欣然为他圆梦：一愿得甄宓回眸，终成眷属；二愿他海阔天空，余生喜乐。

山有木兮木有枝

光阴从不为谁低眉，匆匆又是一年。

认识他这么多年，一半是烈焰焚身的痛，一半是人间烟火的甜。想念他痛彻心扉，却只能埋藏心底，世界上最遥远的距离，不是天涯海角，而是他在她身边，他却不知道，她是那么那么地爱着他。

跋涉千山万水遇见了他。初见时，他已在她的心上埋下了一颗爱的种子，默默地发芽，悄悄地开花，她的心底早已经繁花似锦，如一个生机勃勃的春天，却只能把心事埋藏心底。日日复月月，年年复岁岁，她在跌跌撞撞里陪他前行，荆棘遍布里风雨同舟，不念过往，不问归期。她曾经尝过他给的甜，也吃过他给的苦，酸甜苦辣遍尝，喜怒哀乐历尽，天方夜谭的故事却永远翻不到第一千零一夜。

南墙撞过多少回，已然头破血流，却固执地不肯放手，每一次窒息到坚持不下去的时候，她就会突然消失几天。开始的时候，是她心甘情愿陪伴左右，结束的时候她也想说服自己愿赌服输。每一次她都很想从自己编织的温柔梦里清醒，像炊烟袅袅几许，棠梨煎雪又落雨，不再叹息，可是心灰意冷地丢掉他，过一段时间又认命似的自己捡回来。他永远无辜地停留在原地，只会淡淡地回应："我都在的。"

洁白的洋兰清新雅致，密密匝匝地盛开在一起，是她心里喜欢的那种花团锦簇的样子。天气太热，他收到的时候洋兰只剩下开败的花叶，七零八落的一枝一枝。看着他发来的照片，隔着屏幕都惨不忍睹，令她不忍直视。那天向来温柔的她冲着店家的客服发了很大的脾气，心里那些满满当当的难过，像漫过天际的海水肆无忌惮地卷过堤岸，将她一瞬间淹没，眼泪又苦又涩，她流了又流，尝了又尝。

她对他所有的心意，无须言语，他或许心如止水，或许故作不知，如同两千五百多年前的那一次水中的邂逅，那一眼万年的回眸，写满了和她同样的一厢情愿和心潮澎湃："今夕何夕兮，搴洲中流。今日何日兮，得与王子同舟。蒙羞被好兮，不訾诟耻。心几烦而不绝兮，得知王子。山有木兮木有枝，心悦君兮君不知。"

"山有木兮木有枝，心悦君兮君不知。"隔着两千五百多年的漫漫光阴，她和他都不曾明白过，不是所有美丽的邂逅，都能谱写出悦耳的乐章。也许那一刻惊艳了她的那个人，只是她漫长生命里惊鸿一瞥的匆匆过客，往后余生，她所求所愿，所有奢望皆不能如意。

出身卑贱的舟女，不过是芸芸众生里最平凡的一粒尘埃，从前未曾有过醒目的例外，往后也不会再有这样的奇迹，只是恰好在情窦初开的年纪，山水相逢，何其有幸，她偶然间邂逅了来封地巡游的楚国王子子皙。他是出身高贵的王子，与她有着云泥之别，高贵的鞋履从没有和她踏上过同一片土地。然而这一日这一夜，锦衣华服难掩他眉目灼灼，凉凉夜色遮不住他身姿挺拔，他满面笑意，眉眼飞扬，迎着一路星辉登上了她的小舟。老天爷是这样眷顾着她，小小的撑船女子竟能够与王子荡舟同游。一见王子误终身，她不由得怦然心动，从此把这个人镌刻于心底，再难忘怀。

她吻过船舷，吻过手中的竹篙，热烈的目光在他俊秀的五官上流连又流连，视线交错的一瞬，他恰好微微一笑，或许这笑意不是因为她，她却转头羞红了脸。心怦怦跳动得那样快，像有火苗在热烈燃烧，跃动着似要蹿出她的胸膛，他是那样俊朗又温和，像四月和煦的阳光，滋养心底的万物萌发；像今夜璀璨的星子，热闹了整个夜空；像船底荡开的水波，轻柔地拨开了她的心房。每一分明媚都让她心花绽放，每一缕温柔都让她沉溺。船行得那样悠然，可是走得再慢，这一条水路终有尽头，来时已定好归路，错过便是一生。

"今夕何夕兮，搴舟中流。今日何日兮，得与王子同舟。"心绪翻覆再翻覆，内心煎熬又煎熬，所有的不甘心最终化作她鼓起的勇气，酝酿了一夜的笙歌悠扬缠绵，清嘉柔亮，在朦胧夜色里凌波响起，在温柔水波里妩媚荡漾。

像一阵清新的微风，轻轻拂过他干涸的心灵，刹那芬芳，楚国的王子迎着微风伫立舟头，他听过夏天的风，听过秋天的雨，也见过冬天的雪，唯独听不懂越国的语言，他不知道眼前的舟女拥楫而歌，究竟唱了些什么。然而这一刻，青山相随，满目春色，流水为伴，潺潺伴奏，满面红晕的越女像夏天的初荷亭亭绽开于水中，芬芳微吐，任他采撷，让见惯了倾城倾国绝色佳丽的王子或许也有了一瞬间的心动。

他饶有兴致地请来翻译，将那些晦涩难懂的唱词翻成楚语："心几烦而不绝兮，得知王子。山有木兮木有枝，心悦君兮君不知。"来时陌上初熏，春风缱绻，山水为证，两个人相逢的刹那，原来她对他早已怦然心动。

王子或许终于明白了她满满的心意，可是那又如何，他也只是粲然一笑，并未放在心上，这一路行程结束，便毫不犹豫地飘然离去。是呀，隔着山海，那么遥远，明明是两个不同世界的人，又怎么会因为一次不经意的邂逅，轻易盛开出爱情的花朵？王子和公主的故事分分合合，尚且不能圆满，何况卑微如尘的舟女和高高在上的王子。天地远阔，山河无极，亿万年的光阴雕刻，世间也只诞生了一个穿着水晶鞋的灰姑娘，流传在孩子们睡前的故事书《格林童话》里。那个灰姑娘，貌美勤勉，心地善良，我见犹怜，她出身显赫，即使一朝落魄，身边依旧有仙女教母不离不弃，即使外援强大，她初见王子，依旧需要华服、水晶鞋、南瓜车，来一场富贵无极的美丽邂逅。王子与她，这才会始于美貌，陷于爱情。童话的结尾，作者只敢写王子与灰姑娘从此幸福美满地生活在一起。他不能也不敢说的，是就这样两个人相爱到地久天长、地老天荒。

两个人相遇、相爱、相伴，是生命中难能可贵的幸事，那些白头偕老、彼此厌倦，那些举案齐眉、反目成仇，比比皆是。就这样云淡风轻地擦肩而过，邂逅了又错过，或许留下的都是山水吟唱里一段最美妙的记忆。

　　既见君子，云胡不喜？陷于单相思里求而不得的她，那些像十五月圆的满满心意，飞蛾扑火地爱他，一年，一年，又一年，直到白发苍苍，直到皱纹爬满脸庞。只是这一刻，像两千五百年前的舟女一样，她克制不住地想要见他，如心魔入魄，欲念强烈。她喜欢坐在他身后，跟在他身侧，视线缠绕在他身上，仰着头贪婪地看他。剪水深瞳尽处，只有他，只是他，或微笑或蹙眉，或焦灼或烦恼。而他眼里的光，落到所有人身上，却唯独没有分毫给她。

　　相机举起的那一瞬，她望着他那张神采飞扬的脸，突然之间那样陌生，明明他就在身边，却总感觉那样遥不可及。

　　像王子和舟女，两个世界里偶尔交错的人，注定了终会背道而驰。心悦君兮君不知啊，她想要的他，翻山越岭都够不着，跋山涉水都追不到。

　　情深缘浅，或许放下才是成全，离开才是释然。

　　或许明天，会是新的一天。

卷二

一轮清辉照千古

琵琶弦上白居易

坐看云起时

误入凡尘谪仙人

浊酒一杯家万里

醉里挑灯看剑

相思迢递念商隐

最是人间求不得

忍把浮名，换了浅斟低唱

一轮清辉照千古

有的人生来当牛做马，有的人出生已在罗马。

父亲是苏门弟子李格非，北宋中期文坛领袖苏轼的得意弟子，母亲是宰相王珪之女，状元王拱辰是她的继外公，北宋文坛之首欧阳修是她的姨姥爷，遗臭万年的秦桧是她的表妹夫，大奸臣蔡京是她的表姐夫，大文学家王安石和她是远房亲戚，创作了《清明上河图》的画家张择端、唐宋八大家之一的曾巩、苏门四学士之一的晁补之，或和她沾亲带故，或与她忘年之交。遇见她之前，"身世显赫"只是四个印在白纸上的干巴巴的汉字，认识她之后，所谓的"名门望族""世家子弟"便清晰立体起来。一轮清辉照千古，照亮了一个又一个时代，她就是宋代婉约派代表词人，有着"千古第一才女"之称的李清照。

天光明丽，水色清亮。在"女子无才便是德"的封建时代，她何其幸运，生在一个家境优渥又思想开明的书香门第。她不喜欢女红却酷爱读书，天资聪颖且能过目不忘。读书识字、写诗填词，少女时代的她自由自在地做着自己喜欢的事情，出落得如瑶林琼树、风尘外物，周围的士族贵女无人可及她半分。

十六岁，少女明眸皓齿，亭亭玉立，孩童般天真烂漫。水暖鸭先知，年少春衫薄，她与好友溪亭行舟，打马饮酒，撑着竹筏在湖上乘兴游玩，不经意间误入荷塘深处，小船径直向前冲去，一群飞鸟被惊起，如风掠过水面，顿时涟漪粼粼，微波荡漾。她尽兴而归，提笔写下："常记溪亭日暮，沉醉不知归路。兴尽晚回舟，误入藕花深处。争渡，争渡，惊起一滩鸥鹭。"短短三十三字的《如梦令·常记溪亭日暮》转眼轰动整个京师，读书人莫不击节赞赏，北宋词坛的新星在汴京冉冉升起。

叹晴去不如享风来，十七岁，她以风雨佐酒，酩酊睡去。醒来时天光早已放亮，红日高照，她残酒未消，慵懒回身，忽然就惦记起庭前的海棠。丫鬟正在忙碌，敷衍着回应她，海棠还和从前一样半分未改。她颤着乌睫，嗔笑摇头："知否，知否？应是绿肥红瘦。"少女的生活日常有一种从容不迫的悠闲，你来我往的对话跌宕起伏，极尽传神的一首《如梦令·昨夜雨疏风骤》，让她名声大噪，风头一时无两。

小小女子成为词坛新秀，少女情怀登上大雅之堂，有人爱不释手，有人嗤之以鼻。她从不在乎，也不会怯场，一篇《词论》横空出世，嘲遍宋词半壁江山，把所有排得上号的大词人统统鄙视了一遍：柳永遣词落俗，苏轼不谐音律，秦观的词透着股穷酸味儿。词坛一时哗然，桀骜不驯的小女子再次引得洛阳纸贵，也引得少年赵明诚对她一见倾心。

少女春日怀情，回眸低首间楚楚动人。眉眼干净清澈的少年，融化了日光的同时，也被元宵节相国寺同赏花灯的少女迷醉了双眼。情窦初开的年纪，遇见门当户对又把彼此放在心尖的那个人，她快乐得连眼神都透着温柔："蹴罢秋千，起来慵整纤纤手。露浓花瘦，薄汗轻衣透。见客入来，袜划金钗溜。和羞走，倚门回首，却把青梅嗅。"家门口再次遇见梦中的那个他，她虽然大胆却也惊慌失措，心头有小鹿乱撞，怦怦直跳，娇嗔着转身，却忍不住回头。

十八岁，她所愿皆所得，满心欢喜地和那个望着她眼里有光的少年郎结为夫妻。这对情投意合的神仙眷侣，既是酒朋诗侣，又是精神挚友，人生中的可遇而不可求，于他们而言都是那样的幸运圆满。那一年的重九，人逢佳节倍思亲，她一个人在家，薄酒微醺，心里满满都是对他的思念，于是提笔写了这首《醉花阴·薄雾浓云愁永昼》寄给不能归家的赵明诚："薄雾浓云愁永昼，瑞脑销金兽。佳节又重阳，玉枕纱厨，半夜凉初透。东篱把酒黄昏后，有暗香盈袖。莫道不销魂，帘卷西风，人比黄花瘦。"情意都在词里，思念只多不少，少年的胜负欲却让他摩拳擦掌、跃跃欲试，想要与她一决高下。他闭门谢客三日，一鼓作气填词五十余首，连同爱妻的《醉花阴·薄雾浓云愁永昼》一起打包，眼巴巴请来好友陆德夫品评。读到妙处，陆德夫拍案而起："莫道不销魂，帘卷西风，人比黄花瘦！"他心悦诚服，哈哈一笑，从此对爱妻甘拜下风。

远离朝堂纷杂，收集金石字画，灯下红袖添香，月夜读书写字，闲时烹茶，兴起煮酒，前半生那些赌书消得泼茶香的快乐时光，当时只道是寻常，醒来却已成了记忆里一个隽永的梦。林花谢了春红，太匆匆，曾经满心满眼都是她的少年郎，转眼变了心，很快纳了两房美妾，一生一世一双人的誓言就这样成了笑话。年少的情谊在时光里一点点耗尽，寻寻觅觅还是成了空。爱情归于平淡，生活败给现实，两家党争对立，她无子，他纳妾，中年夫妻就这样渐行渐远。

　　来不及痛哭流涕，金军的铁蹄很快无情地踏破汴京，腐朽的朝堂转眼分崩离析，她被时代的洪流裹挟着一路颠沛流离，逃亡而去。兵荒马乱的年月，半生收集的古董器具一夜化为乌有，来不及心疼，她辗转逃离，只身南渡江宁寻夫。以为夫妻情意总有几分尚在，谁料懦弱的赵明诚直接弃守江宁，弃她的同时也弃城，独自落荒而逃，文人风骨全无。她望着南渡时悲愤写下的"南渡衣冠少王导，北来消息欠刘琨"，像挨了重重的一巴掌，脸上火辣辣地疼。恩爱夫妻背道而驰，仅剩的几分情意被他亲手浇灭，重逢时她眼中的爱恋星光早已经熄灭，只剩了无尽嘲讽："生当作人杰，死亦为鬼雄。至今思项羽，不肯过江东。"伤心也罢，难过也好，三十年悲欢如梦，他们的爱情，盛开时那样绚烂，凋零时只剩灰暗。

　　或许羞愧难抑，或许郁郁寡欢，赵明诚很快因病与世长辞，乱世里独留四十六岁的李清照再次饱受漂流之苦。绍兴二年（1132），循着宋高宗的足迹，她历经千难万险终于逃亡到了杭州。曾经的花容月貌早已经凋零殆尽，少女时期的娇嗔只有梦里去寻。孤苦伶仃的日子对她而言实在是煎熬，对她体贴入微、百般呵护的张汝舟于是乘虚而入，用百般甜言蜜语将她俘获。

四十九岁再披嫁衣，她惴惴不安，可也满心欢喜，本以为觅得良人，余生可依。谁料情路这样曲折，她再次遭遇负心汉，道貌岸然的张汝舟只是觊觎她的财产，对风韵不再的她哪有半分情意可言。可是金石字画早已在颠沛流离里散尽，他的希望落空之后，谩骂、羞辱、家暴接踵而来，李清照大失所望，她像山巅的青松，越是被摧折，就越是要反抗。她没有向接踵而至的悲苦命运妥协，刚烈的她情愿用两年的牢狱之灾换回两个人干净利落地和离。相比于兼收并蓄、思想开放的大唐，在程朱理学兴起，逐渐走向保守的南宋，女子在礼制方面受到的压迫像山一样沉重，缠足和蒙面的陋习虽然还不普遍，但也已经零星出现，妇女一旦净身出户又得不到娘家的庇护，就会板上钉钉地沦为奴婢。好在她盛名在外，又有友人鼎力相助，只是被关押九天，就换得了余生的自由。

回望她的一生，少年得意，万事顺遂。前半生生活如泡进蜜罐，提笔都是儿女情长、四时佳兴。后半生风云突变，天下易主，时代的一粒尘埃，落在个人身上，便是一座沉甸甸的大山。她丧国丧夫，子女缘薄，人到中年居无定所，"倚南窗以寄傲，审容膝之易安"，她自号"易安"，想要安稳度日却成了奢望。得到过、失去过，余下的日子每一天都只剩下痛和愁："风住尘香花已尽，日晚倦梳头。物是人非事事休，欲语泪先流。闻说双溪春尚好，也拟泛轻舟。只恐双溪舴艋舟，载不动许多愁。"

人生大起大落，幸而还有满腹经纶、一身才华傍身。流离失所的日子，苦难里修行，逆境中沉淀，填词作诗给予了她生活的力量。少女情怀不再只懂得风花雪月，山河破碎、暮年飘零让她的词风转为沉郁哀痛，抒写家国天下，反映时代风貌。

时光煮雨，岁月缝花，这烟火人间，或许遗憾，或许值得。千百年来，王朝更迭，江山几度易主，山河世事都会变迁，不变的是世人皆识李清照，世人皆爱李清照。或许于她而言，人生的价值和圆满，并不在一时的安稳，而是历经千秋万代，她留下的文字，依然历久弥新。

琵琶弦上白居易

横街窄巷交错，长条板石铺砌，北接拙政园，南眺双塔的平江路就这样曲径通幽，蜿蜒于水陆并行、河街相邻的苏州闹市。除了黑瓦白墙的一步三景、熙熙攘攘的人间烟火，我独爱那星罗棋布在这里的评弹茶馆。闲庭信步在清语堂评弹茶馆内，轻煮时光，慢倚流年，小坐品茗，悠然地看着杯中的叶片舒展、浮动、翻转。茶香袅袅，氤氲缭绕，抱着三弦和琵琶的评弹老师身着长衫和旗袍，修长的手指在弦上如影翻飞，三弦沉涩，琵琶清越，吴侬软语咿呀而起，万种风情舒展眉梢，仿佛有晨曦朝霞倾泻而下，溪流冷泉轻盈跳跃。岁月缱绻，葳蕤生香，时光知味，历久弥香，念念不忘藏于心底的，一直是那琵琶弦上轻拢慢捻而出的莺歌燕语，喜怒哀乐尽在指端，嗔怨痴恨都付弦上。

"大弦嘈嘈如急雨，小弦切切如私语。嘈嘈切切错杂弹，大珠小珠落玉盘。间关莺语花底滑，幽咽泉流冰下难。冰泉冷涩弦凝绝，凝绝不通声暂歇。"对琵琶的执念与偏爱，来自小时候我对白居易《琵琶行》的一见倾心。无数高中生的噩梦里，应该都有一篇名唤《琵琶行》的长篇叙事诗，八十八句共六百一十六个字的"鸿篇巨著"，让埋首于作业堆里的少男少女们几度咬牙切齿、望而却步。但年少读诗，在我最斑斓瑰丽的绮梦里，一定有白居易隐于历史深处的伟岸身影。

功不唐捐，玉汝于成，颠沛流离和穷困潦倒的轮番磨砺，将白居易这块璞玉雕琢得文采斐然、超然出尘。三岁识字，五岁成诗，十六岁时所作的那首《赋得古原草送别》，让他一时名动天下，最终千古流芳。遇挫而不折的少年那样朝气蓬勃，正如诗中的野草一样"野火烧不尽，春风吹又生"。分明是卑微弱小的生命，却将烈火焚烧视若等闲，疾风骤雨也无法撼动它半分。平凡如野草，渺小又纤弱，也能浓墨重彩地描绘出漫山遍野的一春盛景，让人由衷地欢喜。人到中年，本该在鲜花似锦里歌舞以娱，四十三岁的他却被贬江州，早已经过了"少年意气强不羁，虎胁插翼白日飞"的年纪。六年贬谪路漫漫，望不见尽头也看不到出路，本以为远离庙堂的他会在江州司马这个闲职上卧看繁星，细数云卷，闲度流年。他却在本该悠然度日的时光里笔耕不辍，写尽人间冷暖；墨洒春秋，道尽世事悲欢。那首脍炙人口的《琵琶行》就创作于此时。

红枫如火，黄荻流金，秋风萧瑟里入夜微凉，孤月无声映照着泠泠东去的浔阳江水，相见时难，离别亦难，心绪无端沉郁。与好友江畔分别的时候，把酒难以言欢，举杯消愁愁更愁。流水的乐章就在这个时候从寂静的水面倏忽飘来，时而清脆悠长，如群鸟唧啾；时而婉转低回，似夜风轻漾；时而慷慨激昂，如惊涛拍岸；时而轻盈和缓，似万柳拂面。仿佛有大珠小珠落入玉盘，仿佛有间关莺语流啭花间，仿佛有冰下细流潺潺汨汨，仿佛有银瓶乍裂流光万点，仿佛有铁骑金戈气吞山河……隔着月光静静聆听的几个人，心中似盛开了一地的似锦繁花，跟着错落的声声琵琶，心绪起伏如潮，时而悲凄难抑、时而舒缓沉醉、时而激越澎湃，他们听得入了神，也入了心。

本是京城女，却嫁商人妇，也曾"五陵年少争缠头"，也曾"一曲红绡不知数"，也曾一曲名动长安城，也曾一日看尽长安花。然而缠头无数的辉煌只属于逝去的青春年少，曲终人散，繁华落尽，伴随往后余生的，只有漫长寂寞，只有异乡漂泊，只有泠泠江月。冷月清辉，照不见来时归路，月光如水遍洒，只落了一江细碎的伤感。他静静望着怀抱着琵琶的女子，她的脸上分明挂着温柔的笑，眼睛里却含着悲伤的泪。

大文豪与琵琶女，一个去国离京，一个漂泊江湖，相似的际遇让所有的高低贵贱都在这一刻和光同尘，"同是天涯沦落人，相逢何必曾相识"，只有感同身受，只剩顾影自怜，只余天涯沦落，只叹同病相怜。张爱玲说："于千万人之中，遇见你所遇见的人；于千万年之中，时间的无涯荒野里，没有早一步，也没有晚一步，刚巧赶上了。"人生海海，山山而川，世间所有的萍水相逢，或许都是久别重逢，或许只是如约而至。前半生顺风顺水的白居易，不惑之年走过千山万水，看过繁花开遍，浔阳江头的这一场离别之宴，或许只是为了遇见那个转轴拨弦间就已停驻在他心上的琵琶女，听她一曲已臻缥缈仙境的《霓裳羽衣曲》，"文章合为时而著，歌诗合为事而作"，白居易留下一篇集叙事、抒情和音乐于一身的《琵琶行》，让本该在历史的书页上寂寞归于尘土的琵琶女，和他，还有他的《琵琶行》，一起被后世记了千百年。

我不知道，遇到白居易后，历史上的琵琶女到底有没有改变她如红叶落水、随波飘零的命运。她的后半生或许没有翻天覆地的变化，或许依旧辗转江湖，泪看秋月，却让一代一代的中国人，上至帝王将相、文人墨客，下至市井百姓、贩夫走卒，全部都记住了一个她——那个十指纤纤，怀抱琵琶，"一曲红绡不知数"的她。

琵琶一曲断人魂，长恨一歌传千古。会背《琵琶行》，会背《长恨歌》，是我整个高中时期最骄傲也最拿手的事。彼时我看不懂唐明皇与杨贵妃的虐恋情深，也欣赏不了他们分分合合、生死两隔的爱情悲剧，但这首长篇叙述事诗文质兼美，读来满目琳琅、唇齿生香，令人心生欢喜。

"春宵苦短日高起，从此君王不早朝。承欢侍宴无闲暇，春从春游夜专夜。后宫佳丽三千人，三千宠爱在一身。"是谁给予的无边宠爱，让她在盛世里尽情寻欢，宫廷的生活就是日日笙歌，夜夜美酒，纸醉金迷里不知今夕何夕。"九重城阙烟尘生，千乘万骑西南行。"从贞观之治到开元盛世，安逸太久，不见烽火，不闻干戈，又是谁犯下了滔天罪行，却把一个朝代的狼烟四起归咎于"美色误国"，譬如夏之妹喜、商之妲己、周之褒姒……依附于男权的倾国美人，她们唯一做错的，就是天生这一张美丽容颜，什么都没有做，就已祸国殃民。荒废了朝政的是父夺儿媳的帝王，临阵赴死的却是做了权势傀儡的贵妃："六军不发无奈何，宛转蛾眉马前死。"世人对于倾国倾城的美人总是那么苛责，蛊惑君王是她，祸乱朝纲是她，亡国灭种是她，红颜祸水是她，对的都是别人，错的全部是她。可是遇难赴死的分明不应该是她，而是怠慢朝政、宠信奸臣的李隆基，是口蜜腹剑的李林甫以及与他沆瀣一气的杨国忠，是蓄意挑起战争，置百姓于水火的始作俑者安禄山、史思明。

"排空驭气奔如电，升天入地求之遍。上穷碧落下黄泉，两处茫茫皆不见。"大难临头时眼睁睁看着放在心尖多年的人奔赴黄泉，天下太平后，睹物思人又故作款款深情，想起初见时她在他心里蓦然绽开的璀璨烟花，可是迟来的深情比草轻贱，迟到的真心那么不值钱。我若是玉环，任凭他上穷碧落下黄泉，生生世世也不愿再相见，更不会像诗中描绘的那样梨花一枝倾诉衷肠："在天愿作比翼鸟，在地愿为连理枝。"只会咬牙切齿地冷哼一声："天长地久有时尽，此恨绵绵无绝期。"白居易的笔下，她恨的或许是此生不能再同衾，但盼同茔共长眠。我恨的是马嵬坡前，生死一念，那些痛彻心扉的负心薄幸、薄情寡义、冷漠无情，山河可鉴，日月可表，天地可证，岁月可明。

我的烟火情深，是你陪我一程，我念你一生的深情白头，是纵使结局不如意，相遇已是上上签的人间确幸，是一同攀登高峰，共品人生百味的风雨同舟，是洗尽铅华，为君素手做羹汤的心甘情愿。所以非黑即白，眼睛里容不下一粒沙子的我，回溯一千二百多年的漫漫时光，那时写下"临别殷勤重寄词，词中有誓两心知"的白居易，可懂我读他《长恨歌》时的意难平？

我愿懂琵琶女的推窗望月，夜半伤怀，也愿她流年明媚，不负江畔一场相逢，却不愿且歌且吟《长恨歌》的天长地久，比翼双飞。

若有来生，只愿她与他，山水一程，再不相逢，不遇不见，亦不念。

坐看云起时

盛世大唐，星光熠熠，灼灼争辉；华章万千，锦绣珠玑。从李白到温庭筠，从格律诗到长短句，那些诗词歌赋里难以言说的美，醇厚幽香、回味甘甜，犹如一道明媚的春光，唤醒世间万物。

江山代有才人出，各领风骚数百年。在这个无法一览众山小的时代，无须百年，镌刻进大唐历史书页，闪闪发光的诗人便已如过江之鲫，数之不尽。除了耳熟能详的李白、杜甫、白居易，还有写出"商女不知亡国恨，隔江犹唱后庭花"的风流才子杜牧，写出"一声何满子，双泪落君前"而备受大众追捧的诗人张祜，以及恃才傲物的温庭筠，只求岁月静好的韦庄，七绝圣手王昌龄，初唐四杰……唐诗的巅峰对决，只有一山更比一山高，只有百花齐放春满园，他们竞相攀登，各展风华，在盛唐这片文学的沃土上，每一首诗歌的花朵都以其独特的芬芳，装点着大唐的盛世华章。

有这样一个诗人，他声名赫赫，笃信佛教，他少年入仕为官，中年避世隐居，他是唐朝著名诗人里唯一的状元郎，诗画双绝，兼擅音乐。他的诗歌独树一帜，诗中有画，画中有诗，他就是诗歌史上被称为"诗佛"的王维。

他是河东王氏和博陵崔氏之子，含金匙而生，生来站在聚光灯下，未及弱冠就已声名远扬，一入长安就受到当时文人墨客的热烈追捧。十七岁，少年去国离乡，于重阳佳节登高望远，眼前的良辰美景不解他思乡之念，他有感而发"独在异乡为异客，每逢佳节倍思亲"的游子之意。时光淘沙，岁月涤尘，千百年来被多少游子传诵，其扣人心弦的力量未曾减少半分。二十一岁，他被好友点醒，用一曲《郁轮袍》为行卷呈送玉真公主，他的才华令这朵高岭之花痴迷不已。在她的斡旋之下，鲜衣怒马的少年郎高中状元，大魁天下。从此，他成了岐王宅里寻常客，公主堂前座上宾。可惜暖风熏醉了长安城的杨柳，也熏醉了不谙世事的王维，他登得太高也跌得太重，为官不过九个月，他便因过错被贬官济州，远离长安，从此山高水阔，天远地偏，远离了政坛的中心。三十一岁，当年意气风发的状元郎早已跌落云端，重回烟火人间，不仅家徒四壁，妻子更因难产去世。一夜之间，他丧妻丧子，生活天翻地覆，心中悲苦不知如何宣泄。从此他禁肉食，绝彩衣，立下永不续娶的誓言。陪伴他半生、相濡以沫的妻子，当她在时，他从未开口说过"我爱你"，可心底已执着地认定她是他生活的一切；她去后，故人不可见，余生所有情爱都随她而亡。苏轼给王弗写过那样深情的悼亡诗，可转身又有了放在心尖的一妻一妾。陆游那么热烈地爱着唐琬，"深巷明朝卖杏花"的故事流传了一年又一年，可是两个人和离后，他很快便续娶生子。那些口口声声说着爱的男人，身体永远比语言更加诚实。天地间只剩下了那个沉默的男人，没有一首诗为亡妻而写，却在下半生不再续娶，三十年孤居一室。或许痛苦太过沉重，他早已痛到无法提笔。

经历过安史之乱的生死沉浮，猝不及防的世事无常，他开始参禅悟理、学庄信道。闲时看云，倦时听水，回归山野，忘情山水。他已无妻无子，或许不沾染这世间尘埃，心中便可以释然，他也能够得到他想要的大自在。

佛以疗伤，景以怡情，妙语佳句盘旋心头，泉涌而出，既惊艳了那个群星璀璨的时代，也温柔了往后的千年岁月。"中岁颇好道，晚家南山陲。兴来每独往，胜事空自知。行到水穷处，坐看云起时。偶然值林叟，谈笑无还期。"人生一世，草木一秋，来如风雨，去似微尘，这首《终南别业》写尽了纷繁复杂的世界中，他所有可以自得其乐的宁静平和。兴致来时，他一个人溯溪而上直到尽头，逍遥自在地坐在溪边巨石之上，抬头看水尽云起，须臾间云卷云舒，每一个字都透着与这个世界和解后的无限松弛。

行到水穷处，坐看云起时。大音希声，大象无形，缘来不叹情深缘浅，缘去不怕零落成尘。简单而纯粹，自然而美好，不必慌张于每日的行色匆匆、蝇营狗苟，也不必失望于人类的悲喜并不相通，无法言说。

品读过他的《终南别业》，反复咀嚼"行到水穷处，坐看云起时"两句，我尝试着学他一样和这个世界和解，晨起看花开，向晚问日落，闲来细数，云卷云舒，且让天妒。于是那一年桂花烟雨的秋意黄昏里，年过耄耋之龄的中国台湾诗人郑愁予带着他精心烹饪的诗歌大餐来到杭州时，不再犹豫，也不再错过，而是放下冗杂的工作，抛弃繁重的家务，沐着皎皎月色欣然而往，赴一场诗与远方的忘年之约。

"我打江南走过，那等在季节里的容颜如莲花的开落。东风不来，三月的柳絮不飞。你的心如小小寂寞的城，恰若青石的街道向晚。跫音不响，三月的春帷不揭，你的心是小小的窗扉紧掩。我嗒嗒的马蹄是美丽的错误，我不是归人，是个过客……"像风轻轻走过万里，不问归期。他妙笔生花的文字，带着三月暮雨里落下的轻巧又寂寥的愁绪，笼着无边氤氲的草色烟光，如王维传唱千年的诗歌，在我的心底荡起阵阵温柔缱绻的涟漪。那嗒嗒的马蹄隐隐约约地踏过江南雨打芭蕉深闭门的杏花微雨，浓浓淡淡、袅袅婷婷的浅翠新绿，穿过丝丝缕缕的杨柳风，温柔小心地抚过我薄酒微醺的心头，我反反复复地咀嚼每一个文字，那样令人着迷而陶醉：容色清癯的江南，光阴已在起起落落里变幻过四季，心底虚掩的门扉里，只剩了一枝犹在听雨的荷梗……

轻诵一首抒尽了万千柔情的《错误》，隐隐约约里仿佛勾勒出半个唐宋的轮廓。这位中国当代代表诗人之一，这位在华语读者中最具知名度的中国台湾诗人，在他文辞魅惑的一行行诗里，用无比恣意的现代意象在素胎上轻笔细描着宋韵流风的清釉。婉约时犹如商隐浅斟低唱，风如流水，月似残钩；豪放时酷似东坡临风高歌，大江东去，浪花淘尽。这股漂洋过海席卷而来的"愁予风"，将传统的诗意与现代的艺术碰撞糅合，交错吸引，在极尽潇洒里一唱三叹，在幽婉朦胧里韵味悠长，令人流连驻足，渴盼诗中的悠然花开。

月色溶溶，流光照在葱茏草木上，温暖的灯光照得房间的角角落落泛着点点碎金。抬头望，窗外星光如织，屋内旖旎似画。此时，距离他写出那首名满天下的《错误》已然过去了六十四载的风华岁月。当年那个翩翩立在瘦竹万竿下青衫飘飘、身材挺秀的少年，恰好也是二十一岁。那一年，少年王维已写出令他名满天下的《九月九日忆山东兄弟》，并且高中状元，走马游街，好不快意。温柔了六十四载光阴的诗人，如今已然成为一个戴着藏蓝色的贝雷帽和银丝边框眼镜，西装领带一丝不苟的慈祥老者。然而不管岁月如何侵蚀他日渐衰老的身体，当他静静坐在台阶边，倚靠着扶手专注聆听着台上的读者朗读起那一个个历经岁月洗礼依然鲜活的文字，诗意的温柔让他不再清澈的眼睛里，亮起了如星火般璀璨的光。

是谁传下这诗人的行业，黄昏里挂起一盏灯。而那一日，从王维的"行到水穷处，坐看云起时"里获得无限松弛感的我，也将这种可遇不可求的松弛感淋漓尽致地诠释在自己身上。害怕站在聚光灯下的我也愿意从容地手持话筒，在巧笑倩兮里目光灼灼地为他朗诵："云游了三千岁月，终将云履脱在最西的峰上。而门掩着，兽环有指音错落。是谁归来，在前阶，是谁沿着每颗星托钵归来。乃闻一腔苍古的男声，在引磬的丁零中响起……"《梵音》声声，佛歌阵阵里，镌刻在灵魂之上的禅意在烟火岁月里始终不离不弃。三千年的岁月悠悠，恍恍惚惚里遍看黄花秋声，绿柳莺春。庙门上的兽环不知被谁清脆叩响，檐头铁马落下的暗影里，一颗行走过千万山水的心，在磬的丁零声里，终于归于夜的沉寂。

像是应和着千年前一心向佛的王维，又像是冥冥之中自有指引，以《梵音》为介，风马牛不相及的王维和郑愁予，跨越千年的两位伟大诗人，在这一夜、这一盏诗意的灯下，他们的身影似乎有一瞬间的重叠。

这是一场诗意的相逢，一次心满意足的邂逅，往后余生，你我都不妨多一些"行到水穷处，坐看云起时"的从容洒脱、简单坦荡。人生海海，暂时的停歇与放空，果断取舍与放下，随之而来的豁然开朗，或许可以带来更多随心所欲的快乐。

误入凡尘谪仙人

　　蓬莱文章建安骨，青莲居士谪仙人。每一个中国人牙牙学语时的诗教之源，十之八九始于李白。"床前明月光，疑是地上霜。举头望明月，低头思故乡。"短短二十字的《静夜思》，通俗易懂又意味深长，朗朗上口又不失音韵之美。像穿过缤纷花丛温柔缱绻的四月微风，稚嫩童声响亮地穿透纯真时光，悠悠吟诵千年，镌刻进所有华夏儿女的骨血，无法忘怀。

　　光影变幻里，身着白衣、潇洒高大的身影从杨柳依依的《诗经》里跨步走来，沿着诗歌的涓涓溪流走过秦砖汉瓦，漫步过魏晋风骨，在盛唐的滚滚诗河边驻足。一壶美酒佐诗，落笔风雨皆惊，句句首首篇篇都化作脍炙人口的千古绝唱，像朵朵永生之花绽放千年。

　　他是李白，是才华旷世、误入凡尘的"谪仙人"，是镶嵌于唐诗冠冕上那颗最熠熠生辉的明珠。余光中赞他"酒入豪肠，七分化作月光；剩下的三分，啸成了剑气；绣口一吐，就是半个盛唐"。他肆意潇洒、狂放不羁，半生沉浮，却学不会低头弯腰向世俗谄媚，他说他自己："我本楚狂人，凤歌笑孔丘。"

他和这世上大半的热血男儿一样，拥有最瑰丽浪漫的侠客梦："十步杀一人，千里不留行。事了拂衣去，深藏身与名。"刀光剑影马嘶，长刀出鞘染血，他豪气直冲云天，谁与争锋。他"一生好入名山游"，从二十四岁离开四川开始，几乎每一天都行走在路上，看不同的风景，享多样的人生，交各色的朋友，写精彩的诗歌。一生漂泊，半世欢歌，最终铸就了他恣肆旷达的浪漫风骨以及斗酒百篇的灼灼才情，漫步于壮丽河山之间，行吟于山川风月之中，他用极致浪漫的笔触盛赞山川江海的壮阔奇丽，勾勒出盛唐时代的斑斓世相。他尽兴而行，乘风而上，喜欢用锦心绣口仗笔独去，拥抱着一片孤帆，逐日东来。"两岸猿声啼不住，轻舟已过万重山""孤帆远影碧空尽，唯见长江天际流""天门中断楚江开，碧水东流至此回"……那些动人的风景，那些精妙绝伦的文字，那些掷地有声的诗句，让整条长江都诗意奔腾了起来。

这个冠绝古今、傲视中国上下五千年诗歌史、无人可以超越的伟大诗人，不敢想象倘若失去了他，那部厚厚的《全唐诗》该是多么黯然失色。可惜如此惊才绝艳的李白，虽然心怀"申管晏之谈，谋帝王之术"的政治理想，年少出川，意在长安，却始终没有科考资格，频频与官场错身而过，更没有能够在仕途上酣畅淋漓地施展自己的人生抱负的机遇。

初出茅庐的他也曾坚信诗酒趁年华，发出过"大鹏一日同风起，扶摇直上九万里"的豪言壮语，渴望"修身治国齐家平天下"的他也曾用无法掩抑的磅礴气势和豪放奔涌的旺盛生命力高唱着"长风破浪会有时，直挂云帆济沧海"。时光那样漫长，几乎蹉跎掉他所有的热血沸腾。出走半生的李白，无缘亨通仕途，直到四十二岁那年，终于得到人生中第一个出人头地的机会，在玉真公主和好友贺知章的赞颂和推荐下，他的非凡才华终于上达天听，唐玄宗任命他为翰林供奉，命他草拟文稿，陪侍左右。作为天子近臣，以为守得云开见月明，看似受尽荣宠，一时风光无两的他跃跃欲试，想在政治上大展宏图。然而锦绣堆叠里安逸惯了的帝王不需要他的政治理想，不需要他鞠躬尽瘁，只想要这诗坛的天之骄子陪他下棋饮酒、作诗填词，为他的开元盛世添几笔浓墨重彩的锦上之花，且以为歌。

文人的清高镌刻进他的骨髓，他着实不愿为五斗米折下自己高贵的腰肢，哪怕是帝王、权贵、宠妃，他都不愿意鞠躬作揖以侍。于是饮酒赋诗，操琴舞剑，流觞曲水，极尽风流，他把自己灌得酩酊大醉，对天子的召见也爱搭不理，杜甫评价他："天子呼来不上船，自称臣是酒中仙。"宦海最高光的时刻，他仗着自己的才华横溢，曾令龙巾拭吐，御手调羹，贵妃捧砚，力士脱靴。"云想衣裳花想容，春风拂槛露华浓。若非群玉山头见，会向瑶台月下逢。"这首奉旨填词的千古名诗，盛赞杨贵妃美貌的《清平调》就是那个时期他的作品。百花为衣，浮云裁作流裳，贵妃的娇颜恰如拂槛春风中，露珠滋润的一抹春色，曼妙身影飘飘然落在瑶台之上，令人心神摇曳。

可惜在长安放浪形骸的生活不过昙花一现，被他轻慢的小人诽他谤他，被他冒犯的帝王贬他抑他，厌倦了做被权贵圈养的宠儿，他最终忍不住请辞离京，义无反顾地奔向他一个人的诗和远方。"且放白鹿青崖间，须行即骑访名山"，帝王家不需要他，那就做一个寄情山水的"酒中仙"，做一个超然世外的"谪仙人"。

他的足迹重新遍布如画河山，他的诗名越来越盛，志同道合的朋友也越来越多。尤其是他和汪伦的故事直到今天还被人津津乐道。远在泾州的汪伦无比倾慕声名远扬的大诗人李白，日思夜想着一睹诗仙的风采。颇有才智的汪伦挖空心思，别出心裁地提笔给李白写了这样一封信："先生好游乎？这里有十里桃花；先生好饮乎？此处有万家酒店。"美景美酒恰到好处地痒到他的心坎，身为性情中人的李白揽一路风尘欣欣然赶来，迫不及待想要去看一看汪伦信中所述的"十里桃花"和"万家酒店"。乐开了花的汪伦微微一笑："桃花是潭水的名字，桃花潭方圆十里。酒店店主姓万，并不是说有一万家酒店。"虽没有十里桃花怒放、红云烧天的盛景，也没有万家酒旗迎风招展的盛况，李白不恼却喜，被他的良苦用心感动，仰头哈哈大笑起来。一见如故的两个人连着十数日饮酒畅谈，欢娱达旦。临别时，汪伦不仅以当地最隆重的礼节踏歌欢送，还馈赠他以厚礼。依依惜别之际，李白望着踏歌相送的汪伦，知音难觅之感让他发出了千百年来最激动人心的历史回音："李白乘舟将欲行，忽闻岸上踏歌声。桃花潭水深千尺，不及汪伦送我情。"落魄才子与退休县令短暂却真挚的友谊，像灼热的烛火温暖过华夏大地上无数冰冷的胸怀与苍凉的心灵，也让汪伦的名字，从此和他联系在一起。

于李白跌宕起伏的一生而言，汪伦再好终究只是过客，他的归处是九万里山河锦绣，是红尘外的诗酒茶花，是包容世间万物的山高水远。登高远游、对酒当歌，遍历山河，人间虽有遗憾，对他来说，这一生仍是值得的。出走半生，阅尽千帆，归来后他依旧是当初那个立志报效国家的少年。无论是数次流放，还是差点被杀，于仕途他依旧不减执念，六十一岁高龄依旧惦记着请缨从军，匡扶社稷。或许仕途坎坷、报国无门，是他这精彩的一生里唯一剩下的耿耿于怀。

长安三万里，明月照古今，六十一年的时间留下了一千一百首诗词存世，李白用浪漫主义的色彩书写着唐诗的厚度与深度。千年磨砺，不减他的熠熠光辉；大浪淘沙，更添他的风华绝代。

对他，我始终仰慕之、崇敬之、热爱之！

浊酒一杯家万里

从寒门孤子到千古名相，从划粥断齑到比肩周公，他有逸群之才，更有磊落的君子之风。他文能在朝主政，武可为帅戍边，出仕为名相，退隐为名贤，千秋万世，受人敬仰，朱熹推崇他为"有史以来天地间第一流人物"，他是北宋第一完人范仲淹，也是千百年来无数人心中的时代偶像和精神丰碑。

身处井隅，仍然心向远方；囿于市井，也不忘向往山海。初识范仲淹，就会被他身上志存高远和不畏权贵的精神所折服。他生来不幸，刚出襁褓，就遭遇丧父之痛，天地虽大，却没有他们孤儿寡母可以遮风挡雨的地方。母亲被迫改嫁。他又是幸运的，生活如此艰难，母亲仍对他不离不弃，坚持把他带在身边。

二十二岁，他被继父家的两个堂兄弟嘲讽，笑他明明是个外姓人，偏偏爱多管闲事，身世之谜这才水落石出。"游子未归春又老，夜来风雨落花多。"纱窗下，风雨黄昏后，他辗转难眠了一夜又一夜，最终还是决定奔赴千里，让自己认祖归宗。山川河海，行路这样艰难，回家的路远在千里之外，他身着布衣，孑然而往，出乎他意料的是，他被范氏宗亲无情地拒之门外。

嫌贫爱富、欺凌弱小，所有的一切其实都有迹可循，范氏族亲如果对他有半分怜惜，那一年他嗷嗷待哺时，又怎么会眼睁睁看着他随母改嫁，流落他乡？可他没有半分怨天尤人，而是对母亲郑重许下"十年登第来迎亲"的誓言，接着就只身前往南都辛苦求学。在南都的五年，三更灯火五更鸡，他怀抱着经史子集就寝，头枕着诗赋策论入眠，困倦时就用凉水浇脸，饥饿时便以稀粥充饥，从没有叫过一声苦。二十七岁，他一路披荆斩棘，高中进士，最终衣锦归来，迎奉母亲，扬眉吐气地归宗范氏。

宁鸣而生，不默而死，前半生他在宦海中浮沉，因为他性格耿直而三次被贬，又因为他功勋卓著，每次都会被朝廷召回。他是那样耿直，遇不平则鸣，逢善举必赞，四十不惑的年纪，他丁忧回京，不满太后刘娥依旧掌权，大义凛然的他公然要求太后撤帘还政。脊梁软得太久，装聋作哑的朝廷跪伏一片，没有一个人敢像他一样碰触太后的逆鳞，人微言轻的他第一次被贬外放，品尝失意的滋味。他无所畏惧，也不自怨自艾，而是沉下心在小地方干得风生水起。他太过能干，意料之中地被召回京，本想大展拳脚，谁知又卷入仁宗废后的风波。四十五岁，他伏阙进谏，不出所料地触怒了皇帝。天子一怒，他再次被贬为外官，人到中年远赴睦州。他的字典里永远没有"消沉"二字，在那里，他兴学办教、兴修水利，夙夜在公，再展拳脚。四十八岁，他献百官图，剑指宰相吕夷简安插亲信、结党营私，气急败坏的吕相反诬他离间君臣、越职言事、引用朋党三宗大罪。本来可以拥有锦绣坦途，可在渐知天命的年纪，他却再度被贬饶州。于他而言，忧国忧民，天下兴亡皆有责，心系天下，人间冷暖岂无关？

　　文能治盛世，武可镇山河，他浓墨重彩的一生在公元1040年迎来新的转折。这一年，西夏李元昊不再掩饰自己的狼子野心，举兵十万，大肆入侵，败宋军于三川口，包围延州。宋廷一时惊惶。五十二岁的范仲淹临危受命，以文官任武帅，开启了他后半生的戎马生涯。主政西境的他一扫延州士兵的羸弱之气，屡战屡胜、屡建奇功。西北望，射天狼，群山苍莽，荒草萋萋之中，烽火台高高耸立，左右遥遥呼应，山风呼啸着翻卷着，身后延州城城池空旷，旌旗迎风猎猎。那瑰丽壮观的边塞风光落笔在他那首传诵了千年的《渔家傲·秋思》里，生动鲜明又波澜壮阔："塞下秋来风景异，衡阳雁去无留意。四面边声连角起，千嶂里，长烟落日孤城闭。浊酒一杯家万里，燕然未勒归无计。羌管悠悠霜满地，人不寐，将军白发征夫泪。"悲凉却壮美，雄浑而慷慨，万般情绪难以言说，却又一句一句生动地体现在他的笔下：边境秋来，远山连绵，劲草迎风，长烟落日，暮霭沉沉，黄沙漫漫里孤城紧锁，号角声声里孤雁南飞。斜晖脉脉里，马蹄声嗒嗒而去，身后是渐渐隐没在暗夜里的一座座营帐。夜巡士兵的脚步声铿锵而起，铠甲碰撞的嚓嚓声由远及近，再渐渐消失，悠悠的羌笛声隐隐约约传来，随风送进耳畔。他一身儒衫，独坐在中军帐里，一口饮尽这杯中浊酒。文人多情，伤春悲秋的时候，思乡之情一时间如蝶纷飞。然而外患未灭，何以家为？居庙堂之高，则忧其民；处江湖之远，则忧其君。遥远的汴梁城里，坐立难安的皇帝带着一众大臣正翘首以盼着他高奏凯歌。剑未佩妥，出门已是四方云动，而他除了破釜沉舟，持剑逆行，别无选择，于国于民于己，他都已经退无可退。幸而胸中藏有甲兵数万，边关四年，风起云涌，他以一己之力使乾坤定，风云散，戍边的威名传扬在西北边陲，凶悍如西夏军，也无不拜服，从此再不敢越雷池一步。

　　枯荣一瞬，四季一息，岁月悠悠，时光轮回，延州城在近千年的光影变幻里，在沧海桑田中衍生出一个新的名字——延安。或在眼前，或在梦里，每个人的心中都有一个令人向往的圣地，延安这个振聋发聩的名字，又是多少中国人心中的红色圣地！它是历史的见证者，是民族的脊梁，是前行的灯塔，也是心灵的归宿，镌刻着中华民族从苦难走向辉煌的壮丽篇章。顺着人潮踏上虔诚的瞻仰之路，在一座座旧址、一段段往事里抚古思今，追忆往昔。时隔千年，这条激情澎湃的红色革命之路上依旧随处可见范仲淹镇守边关的痕迹。高高的宝塔山上，树影婆娑，光影斑驳，他亲笔题写的"嘉岭山"三个大字铁画银钩，岁月不减其遒劲。峰顶的"摘星楼"与山下的"范公井"历经上千年风雨的剥蚀，只剩下断壁残垣，在斜阳古道下娓娓诉说着如烟往事。远处的凤凰山上，他为守城屯兵修建的镇西楼只留遗址和残碑，迎着风霜行走过千年，见证过他的运筹帷幄，也承载过无数人的悲欢离合。历史永远不会被忘记，信念和精神一代代传承，清凉山上的范公祠内，身着戎装的他彩塑威严，目光炯炯，注视远方，檀香燃起，明明灭灭中，烟雾袅袅升起，一缕缕交织缠绕，在我的心上点起一盏明亮的灯。

　　"苟利国家生死以，岂因祸福避趋之。"他曾在流传千年的《岳阳楼记》中为自己立下这样铿锵的誓言："先天下之忧而忧，后天下之乐而乐。"他是这样说的，也是这样做的。拂去历史的烟尘，他从未在岁月交替里暗淡无光，时光不灭他提笔安天下的光芒万丈，也不会忘记他马上定国邦的勃发英姿。

浊酒一杯家万里，隔着似水流年，我愿敬他清酒一杯，陪他策马扬鞭、指点江山。从延州到汴京，从塞北到江南，九万里山河无恙。这流光溢彩的璀璨画卷上，应有他当年孜孜以求的政通人和、百废俱兴。

醉里挑灯看剑

有人囿于溪流，有人游向深海；有人陷于爱情樊笼，有人志在家国天下；有人走马章台，倚红偎翠；有人认为天下兴亡，匹夫有责。

年少最爱读柳词，无论是"杨柳岸，晓风残月。此去经年，应是良辰好景虚设。便纵有千种风情，更与何人说"，还是"拟把疏狂图一醉，对酒当歌，强乐还无味"，抑或是"青春都一饷。忍把浮名，换了浅斟低唱"。那些婉转含蓄的儿女情长，那些悲啼低泣的闺情绮怨，和着江南烟雨、浮华清梦，陪伴了我整个为赋新词强说愁的少女时代。

一年一岁一芳华，一光一景一流年，我的心智在年岁渐长里成熟，红尘世事皆染，悲欢离合遍尝，逐渐偏爱起诗词中那些豁然开朗、豪情万丈和慷慨悲歌。偏爱过岳飞"怒发冲冠，凭栏处、潇潇雨歇"的热血沸腾，钟情过范仲淹"浊酒一杯家万里，燕然未勒归无计"的开阔苍凉，也念念不忘过王昌龄"但使龙城飞将在，不教胡马度阴山"的气吞山河。

但情之所系、心之所依的，依旧还是辛弃疾的这首笔扫千军的《破阵子·为陈同甫赋壮词以寄之》："醉里挑灯看剑，梦回吹角连营。八百里分麾下炙，五十弦翻塞外声。沙场秋点兵。马作的卢飞快，弓如霹雳弦惊。了却君王天下事，赢得生前身后名。可怜白发生！"

　　他是南宋最伟大的爱国词人之一，文能提笔安天下，武能上马定乾坤。他也是放眼古今中外凤毛麟角的文武双全的将领，手中剑有杀气，笔下词却显豪情。生在昏庸无能的时代，眼睁睁看着山河破碎，疮痍遍地，偏安一隅的南宋朝廷却在风雨飘摇中不断割地、赔款、纳贡、称臣，以期换来短暂的歌舞升平。他出生时，北宋的半壁江山早已沦陷，南宋朝廷蜷缩在江山一隅苟且偷生，祖父辛赞忍辱负重地做着金朝的官，心里却始终不忘收复国土的执念。无数逃不去江南的汉人在金人的统治下水深火热地煎熬着，他一天天长大，破碎的江山满目疮痍，所有的苦难尽收眼底，他恨不得拿起武器，与金人酣畅淋漓地来一场殊死搏斗。生在金国心在宋，二十一岁，血气方刚的他在完颜亮大举南侵之时，聚集起两千宋朝遗民大胆起兵抗金。最令后人难以忘怀的，是他一战封神。叛徒张安国杀害起义军首领耿京后逃入金营，他策马而行，率领五十名铁骑夜袭金营，在千军万马中来去自如，活捉叛徒张安国于帐中，毫发未损地全身而退，连夜狂奔千里，亲自将叛徒押至临安正法。

　　铁马金戈的这一生，他殚精竭虑，挽狂澜于既倒，扶大厦之将倾，人生几番起落，依旧雄心不改。甚至在他垂暮之年，依旧激流勇进，筹划着北伐。世间的英雄应像他这样顶天立地："道'男儿到死心如铁'。看试手，补天裂。"终其一生，他拳拳的爱国之心不改，熊熊的北伐之志也未变。

生在软弱萎靡的南宋，空怀一身封狼居胥的本领，却始终壮志难酬，一生黯然神伤。远望西北，壮丽山河一朝沦丧，浮云滚滚遮天蔽日，他盼望着用手中长剑横扫敌寇："举头西北浮云，倚天万里须长剑。"登临北固亭，他在凭高望远之际追忆烽烟往事："金戈铁马，气吞万里如虎。"当年英雄不再，只剩了叹息，多少豪言壮语，都成了历史记忆。谈起建功立业，他也只恨"春风不染白髭须。却将万字平戎策，换得东家种树书"。可是，要他放弃理想，回归农耕，让自己抱憾终生，无论如何都是不甘心的。

吟诗作赋抒情怀，仗剑纵马战沙场，辛弃疾波澜壮阔的一生浮光掠影般划过，画面定格在宋孝宗淳熙十五年（1188）冬，挚友陈亮自浙江东阳踏风尘而来，看望落职闲居于江西带湖的辛弃疾。十天的美好相聚，他们长歌相答，谈论时事，携手同游，诗词佐酒，恣意畅快。久别相聚，美好如诗如画，聚后分别，一瞬难舍难分，像久旱的农田逢了一场期待已久的甘霖，浸润至心底，回忆这样清晰。虽然宴会散去，故人再次分别，可情谊始终没有改变，壮怀激烈之下，辛弃疾以酣畅笔墨一气呵成写下了这首气势磅礴的《破阵子·为陈同甫赋壮词以寄之》。

三尺镆铘，名剑久已蒙尘；盖世豪杰，英雄几多落魄。眼前是剩水残山，远眺是山川成灰，心中是无限惆怅，想要去沙场点兵，扬鞭向北只能在睡梦中实现。无数次梦里烽烟四起，旌旗翻卷，西风猎猎之下，金盔银甲的将军义无反顾，迎着拂晓的晨光目光炯炯地拔剑向前，雪白的营帐无声绵延于身后，进攻的号角嘹亮响起在耳畔，滚滚的尘土飞扬于眼前。马蹄声嗒嗒响起，刀剑出鞘，战马长嘶，弓如满月，箭似流星，惊天动地的厮杀只在转瞬之间。声容激壮，梦里收拾旧山河，了却君王天下事；醒来泪已湿枕巾，原来是美梦一场，更添悲凉。

"了却君王天下事，赢得生前身后名。可怜白发生！"他揽镜自顾，鬓边华发斑斑，镜子里，他的容颜日渐衰老，连带着眼里的熠熠神采也渐渐地熄灭，当年气吞山河的豪情壮志，早已在荒芜的时光里烟消云散。

1207年，壮志未酬的辛弃疾溘然逝去，英雄闭眼，才子谢幕，从此长眠于江西铅山，和萋萋芳草为伴，与花木山川为邻。时光不对任何人吝啬，也不为任何人停驻，光阴似箭，那个以忠烈名传后世，提笔写下"人生自古谁无死，留取丹心照汗青"的宋末名臣文天祥在1236年呱呱坠地，听着几十年前英雄辛弃疾的传奇故事，读着他留给后人的锦绣文章，也继承着他的家国之志。小小的少年渐渐长大，和他所崇敬的前辈一样，文天祥毅然决然地肩负起守护家国的重任。不用梦回吹角连营，不必醉里挑灯看剑，他在南宋生死存亡之际，捐资募军，上京勤王，苦战东南，举兵抗元，几番战场生死，最终兵败被俘，四十七岁从容就义，以身殉国。

"天地有正气，杂然赋流形。"浩气长存于天地的他们，那些忠肝义胆、铮铮铁骨，那些慷慨激昂、豪情壮志，那些矢志不渝、笃行不怠，成于诗，见于词，存于言，至今鲜活地留存在每一寸他们曾浴血奋战过的热土上。

岁月如水一般淌过漾着层层涟漪的八百年，抬头望，山川叠翠，江河浩荡，流光溢彩的壮丽画卷上，九万里山河无恙。船楫如梭熙攘，高楼鳞次栉比，汽车川流不息，通衢飞架南北，无数的中国人在这片腾飞的土地上热火朝天地奋斗着，如火如荼地铺陈着属于自己的轰轰烈烈；全国各地的城市日新月异地变化着，风姿绰约地吟唱着自己独有的美丽歌谣；熙来攘往的行人绽开幸福的微笑，且歌且唱着，谱写着一个时代的华章。

红日东升，霞光如碎金涤荡，照耀着八百年前这片遍染过鲜血的土地，耳畔依稀响起辛弃疾中气十足的苍劲之声："醉里挑灯看剑，梦回吹角连营。八百里分麾下炙，五十弦翻塞外声，沙场秋点兵。"

我不禁热泪盈眶，愿盛世如歌长存，山河锦绣如他所盼。

卷二·醉里挑灯看剑

相思迢递念商隐

初识李商隐，那颗《全唐诗》扉页上光彩夺目的明珠，那个此情可待成追忆的深情诗人，是在他一首一首缠绵悱恻的《无题》诗里，玉盘珍馐五味俱全，金樽清酒唇齿留香，世间美味大抵如此。

晚唐诗坛中光芒璀璨是他，旁人口中的虚伪浅薄是他，少年凌云壮志是他，一生仕途坎坷是他，才华横溢是他，大唐余晖也是他。

他平凡又不平凡的一生都在用最深的情，写最美的诗。"相见时难别亦难，东风无力百花残。"东风无力、百花凋残，相见不容易，离别更艰难，他的爱就像春蚕吐丝，就像蜡炬成灰，坚贞至死不渝，永不放弃。他在极度相思之下发出的这一声深沉慨叹，令人在反复咏叹中无端泪目。"身无彩凤双飞翼，心有灵犀一点通。"确认过眼神，她是他人生海海里遇到过对的那个人，痛苦中夹杂着甜蜜，寂寞中缠绕着期待，时光作渡，眉目成书，丝竹结弦，笔墨生烟。相思的苦与甜就此氤氲在心底最深的池渊，成为光阴里最温柔的慰藉。"直道相思了无益，未妨惆怅是清狂。"每一个人都告诫我，相思无益，可我还是任由自己沉溺，心底填满你容颜如玉、身姿若松，眼前皆见你翩若惊鸿、婉若游龙，就这样固执地痴情到底，为你风露立中宵，为你惆怅到天明。

少年懵懂，对他诗里的情情爱爱也就一知半解；年岁渐长，还是忍不住爱他刻入骨髓的朦胧诗风，也渐渐读懂他情爱之外的诗歌意境。彼时读《红楼梦》，只记得林黛玉那一句："我最不喜欢李义山的诗，只喜他这一句'留得残荷听雨声'。"三岁离乡漂泊，十岁丧父归家，他以汉代贾谊自况，盼着乘风九万里，一展鸿鹄志。可惜生在了唐朝党争最白热化的时代，在牛、李两党夹缝中生存的他，仕途几度沉浮。穷困潦倒的时候，他不得不回到河南老家投奔亲戚，寄身在表舅崔戎家中。表舅的疼爱给了他暂时的温暖，可惜表舅很快过世，崔家转眼败落。他只得黯然离开，另谋出路。一个人的旅程形单影只，孤身在外，前路那样迷茫。夜晚，他和衣独宿在水亭中。窗外冷雨凄风，雨打枯荷，他辗转反侧，无法入眠，既担忧自己前途莫测，又思念与他关系极好的崔家两位表兄。而林黛玉幼年失去双亲，孤女一人寄居贾府，没有爹娘庇护，像离群的孤雁羡慕梁上成双的燕，谨小慎微的性子总让她感伤到垂泪到天明。

雨水打过枯荷，凄风晚雨，衰草残菱，更助秋情。两个人重叠的人生轨迹，相似的一生际遇，在这短短的七个字里，弥漫着那样心灵相通的绝望。心情平复后再次翻阅他的诗集，才读到了这首《宿骆氏亭寄怀崔雍崔衮》的全诗："竹坞无尘水槛清，相思迢递隔重城。秋阴不散霜飞晚，留得枯荷听雨声。"

一字字，一句句，冷雨似泪入酒坛，只道须将霜叶作杜鹃。心底的悲，就像湖中的涟漪，一圈圈无助地荡漾，再荡漾，不知何时是尽头。

这一年杏花微雨的时节，翠色晕染过座座山头，兜兜转转了几番，都成了龙坞茶镇何家村茶田里的匆匆过客。通衢大道渐转冷落，人世喧嚣渐显冷清。烟火红尘里那些人声鼎沸的繁华在一碧千里的茶田里一点一点褪去，恰似青绿山水墨色洇染，蓝田日暖玉色流转。逛遍山村，蓦然邂逅一家名为"竹坞清"的民宿。"竹坞无尘水槛清，相思迢递隔重城。"李商隐的这两句诗就这样娉娉地从书页里走下，不期而遇在这个豆蔻梢头二月初的新春里，隔着千年的光阴，穿越时间的隧道，从虚无到真实，从悲戚到喜悦，从此爱上这个仿佛装满了他所有心事的院子，再容不下其他。

与诗句的清冷不同，站在"竹坞清"二楼的露台上，抬头望，群峰耸峙，层峦叠嶂，茶田阡陌纵横，青山妙曼如是。更远处，山林广袤，旷野苍苍，山河如画，烟火俱寂。低眉处秋千微晃，泉水漫涌；竹风声声，穿林打叶。满树繁花灼灼，风过处落英缤纷，树影婆娑。这满院子的无边春色，浓淡相宜，娇艳欲滴，褪去了哀愁与伤情，只剩下了无边的静谧清幽。

浅尝细品，慢饮回味。坐在院子的一隅，在慵懒的春光里打着盹，看浮尘细碎、落英鲜嫩，在日光和微风里上下欢快飞舞。翠色的茶叶在玻璃杯中沉浮翻转，渐觉舒展。汤色是清亮净透的纯粹，干净得像是夏日雨后一碧如洗的天色。轻抿上一口，香郁若兰，余味回甘。

"竹坞无尘水槛清，相思迢递隔重城。"隔着小重山，望着千茶园，闻着龙井香，相思如潮起。隔着历史盘根错节的痛，我又开始思念起千年之前的那一个书生：青衫翩翩，如竹挺秀。他哭，相见时难别亦难；他歌，蜡炬成灰泪始干；他喜，心有灵犀一点通；他痛，一寸相思一寸灰；他慨，何当共剪西窗烛；他叹，只是当时已惘然。他也曾豪情万丈，振臂高呼"雏凤清于老凤声"；也曾缠绵悱恻，情思入怀"洛阳花雪梦随君"；也曾慨当以慷，忧思难忘"更隔蓬山一万重"。

　　碧海青天夜夜心，思他、念他、想他，在这个繁花如梦的春日，在这个写满"竹坞无尘水槛清，相思迢递隔重城"的院子里，脑海中浮现过他交织着才华与骂名的一生，怜他的人生从没有起色，而是悲催地从一个低谷走进另一个低谷，循环往复，一生看不到明媚的春光。

　　上天给他打开了一扇诗意盎然的窗户，然后关闭了世间所有的门，任他如浮萍般飘零，漂泊无依。父亲在浙江任上去世，十岁的孩子失去了长辈护佑，四海之内无家可归，九族之亲无人可依。除了要照顾柔弱的母亲，还要直面成人社会的残酷。走投无路的他，在别的孩子要么埋头苦读，要么调皮捣蛋的年纪，就已经要"抄书春米"来补贴家用。十六岁，科考失利的他遇见了他一生的伯乐，苦难人生里最明亮的那一束光——东都留守令狐楚。这个真心实意爱护他的长辈，在人潮里一眼看见了才华横溢的他，给他衣食，教他文章，不厌其烦地带着性格孤僻的他出席各种名流聚会，介绍他认识远近的达官贵人。那一年"池上文会"，踌躇满志的李商隐与大他四十多岁的白居易结成忘年之交，像李白和贺知章、孔融和祢衡，一个诗风绮丽多意象，一个诗风浅显接地气，却在浩瀚的历史上迸出友谊的火花。年少失怙，生活窘迫，他得到过的关心和爱实在太少太少，那些为数不多的温柔也给予了他灰暗人生里屈指可数的快乐。

　　二十四岁，屡试不第的他考中进士，喜极而泣，结果在授予官职的博学鸿词科考试中再次败北。壮志难酬，只能任光阴虚度，他却无计可施。不久，恩师令狐楚故去，身后最大的依靠轰然倒塌，仕途之路在万丈红尘之中愈发崎岖，再难前行。雪上加霜的是，他对泾原节度使王茂元的小女儿一见钟情，并成功抱得了美人归。世间名门闺秀何止千万，天大地大，他却偏偏遇上了令他魂牵梦绕的那个她。那首著名的《无题》便是一次宴席上得见佳人时所作："昨夜星辰昨夜风，画楼西畔桂堂东。身无彩凤双飞翼，心有灵犀一点通。隔座送钩春酒暖，分曹射覆蜡灯红。嗟余听鼓应官去，走马兰台类转蓬。"漫天繁星点点，明月清风同在，曲江初见，一群少年郎里，只有他在她的眼睛里闪闪发光。人群之中，他不经意望见她，从此世间所有的风景就变得黯然失色。那一个浪漫的夜晚，他眼中只剩下了她，唯一热烈的她。

　　造化弄人，佳偶天成却笼罩上深深阴霾，恩师令狐楚属于牛僧孺派系，岳父王茂元则属李德裕阵营。水火不容的牛、李两党针锋相对，漫长的四十年党争斗得那样轰轰烈烈，最终牛党苟延残喘，李党流落江湖，以两败俱伤惨烈结束。沉浸在爱情甜蜜之中的他早已将严肃的政治站位抛于脑后，奋不顾身地娶她，满心欢喜地爱她。于是京城流言四起：恩师尸骨未寒，他就被美色迷惑，恬不知耻地转投敌人门下。于牛党而言，他是背信弃义的无赖；对李党来说，他是见风使舵的小人。不忠不义、不智不信、不仁不礼，未来的青云之路就这样一朝断去，他成了大唐历史上的一个见色忘义的小人。夹在两党之间，他左右为难，成了被时代抛弃的政治炮灰，往后半生蹉跎，朝廷再没有他李商隐的一席之地。

晚唐那样薄情，他真爱一人，愿赌一生，纵然仕途碌碌无为，然而爱他的人始终会爱他，爱他那些绮丽繁复意象之下的西昆体，那些让人痴念了半生的千古绝唱，那些点缀了爱情的缠绵悱恻的美丽情诗。

最是人间求不得

　　暮色清冷，天际一抹沉沉的鸦青，层层晕染开去，映得漫天的云霞脉脉生寒。

　　沉重的靴声橐橐而起，执刀的侍卫步履铿锵，列队而行。斜阳微照，映出腰间的刀光片片如雪。

　　萧萧的西风过处，卸尽钗环的六七个宫娥素颜清瘦，纤手如飞地拨动着怀中的琵琶，碎玉般的清音落在夕阳的尽处，也落在他的耳朵里，呜咽如泣。

　　漫天流云之下，如珠如玉的琵琶声骤然而停，四下一时静默，只有车队身后的密林深处，数点寒鸦扑扑地振翅飞起，"啊——啊——"叫着绕树低旋，很快又消失在繁枝密叶之中。

　　"主上——"少女们踉跄着扑倒，再抬头已是梨花带雨，悲伤满面。

　　跌坐车厢的男子冠发微乱，委顿的神情分不清是悲是喜，是伤是痛。幽幽的目光仿佛穿越了时间的隧道，往昔的繁华如梦，一幕幕光影交错重现：意气风发的年轻帝王含情脉脉地望向月下花间，还是少女的小周后素衣如雪，青丝若瀑，白皙的面容清丽如霜，灵动的双眼湿漉漉转动着，如小鹿撞进他的心尖。他不禁沉醉轻吟："花明月暗笼轻雾，今宵好向郎边去。刬袜步香阶，手提金缕鞋。"明艳动人的宫人在觥筹交错间尽情地欢歌乐舞，莺歌燕舞醉了九重宫殿，也醉了四季流转。他醉眼泼墨提笔："晓妆初了明肌雪，春殿嫔娥鱼贯列。凤箫吹断水云间，重按霓裳歌遍彻。"

蓦然回首，曾经那些舞低杨柳、歌管楼台、绮丽柔靡的宫廷生活，都已经在乱世烽烟里凝成他心头抹不去、忘不尽、抛不开的朱砂痣。

他是李煜，是亡国后落难的皇帝，是被吟唱了千年的词人，是分明想要潜心在诗词的深海，却被历史开尽玩笑的悲情词帝。

命运总爱游戏人间，无情捉弄世间凡人。一门心思想做皇帝的最后一个兄长，在秘密杀死位高权重的叔父后，没过几个月也一命呜呼。志在山水、意在诗词的风流才子却被身不由己地推上高位。他其实也爱民如子，比任何人都渴望江山稳定，家国富饶、兵马强盛，这样他才有大把的闲情风花雪月。富贵闲散了半生，他上面还有兄长五人，前半生从来没有想过自己会肩负江山社稷，他还什么都没有学会，就懵懵懂懂地登基，稀里糊涂地落入圈套，自以为是地杀死良将、驱逐忠臣，眼睁睁看着国破家亡，最后无可奈何地递交降书，被羁押着仓皇北上。内外交困，生死只在一瞬，生在乱世里的帝王之家，他从来没有自己选择命运的资格，像蝼蚁一般苟且北上，内心的崩溃只有他一个人明白。

登位之初，他也曾踌躇满志、励精图治，他也想振兴南唐、厉兵秣马，可是他的家国实在太弱太弱，孱弱的南唐对阵兵强马壮的大宋，无异于以卵击石。皇帝之路在磕磕绊绊里走得如此糟糕透顶，跌跌撞撞间，一个国家的兴衰荣辱在他的醉生梦死里，顷刻间化为浮世尘烟。

他抬头望，身后的家园早已经模糊进苍茫暮色，亡国的道路曲折在十里长亭之外，看不到尽头。身侧是霞光渐退，满山暮寒，夕阳燃尽光热，苍穹蓦然暗去，最后的一片光影猝然将他笼住，似乎要将他陷进背后的无尽黑暗中去。他终于怆然："四十年来家国，三千里地山河。凤阁龙楼连霄汉，玉树琼枝作烟萝，几曾识干戈？一旦归为臣虏，沈腰潘鬓消磨。最是仓皇辞庙日，教坊犹奏别离歌，垂泪对宫娥。"

他不是西楚霸王，也做不了大汉刘邦，他弄丢了江山社稷，亲历了国家灭亡，成了阶下之囚，且以江山为价，亡国的词句字字催人泪下，却不知那一年摇身一变，成了"违命侯"，之后的年年岁岁里他可曾后悔过？午夜梦回，他可曾在铁马冰河的兵戈纷乱里励精图治，可曾将挥之不去的优柔寡断化作片刻的杀伐决断，可曾鼓起勇气与虎视眈眈的宋王朝殊死一搏？

也许只盼梦里不知身是客，尚且可以一晌贪欢。或许阅世愈浅，性情愈真，他在汴京为囚的似水流年里，大书特书着自己的亡国之情、伤感之思，毫不畏惧。梦里回到朝思暮想的故国，醒来早已泪落如雨："人生愁恨何能免，销魂独我情何限！故国梦重归，觉来双泪垂。高楼谁与上？长记秋晴望。往事已成空，还如一梦中。"梦里越是欢乐，醒来便越痛苦，这满腔的愁与恨，人世间又有谁能和他一比高下？人生的苦难在他成为阶下囚的这一天徐徐拉开帷幕，生命不息，苦难不止。被困在汴京一年有余，他数着流年等待光阴落幕，白天的强颜欢笑再也遮不住他对故国的强烈思念，极尽繁华的旧时光在梦里化作璀璨烟花，破碎的心上遍布绝望："多少恨，昨夜梦魂中。还似旧时游上苑，车如流水马如龙，花月正春风。"这悲苦无人共语，这忧思无人可诉，可离愁波涛汹涌，像暗夜里蛰伏经年的野兽，要将他一口吞噬："无言独上西楼，月如钩。寂寞梧桐深院锁清秋。剪不断，理还乱，是离愁。别是一般滋味在心头。"

　　苟且偷生的后半生戛然而止于他的四十二岁，没有得到他渴望的善终。在这一年的生日，他提笔写下了生命里令人窒息的绝唱《虞美人·春花秋月何时了》："春花秋月何时了？往事知多少。小楼昨夜又东风，故国不堪回首月明中。雕栏玉砌应犹在，只是朱颜改。问君能有几多愁？恰似一江春水向东流。"良辰美景早已烟消云散，赏心乐事也已经转眼成空，现实那样赤裸裸，他固执地将自己尘封进虚妄的幻想和追忆里，执意地不肯走出来。愁如春江水，永远无尽头，歌姬凄哀的演唱将他对故国的深情随风传送，宋太宗赵光义听到后勃然大怒，手下败将竟敢有亡国之痛，他冷笑一声，以一杯毒酒为贺，强行逼迫他喝下。

　　四十不惑的年纪，少年的理想渐渐随风飘散，不屈不挠的棱角早已被生活磨平，得失荣辱已经遍历，本来应该不困于境，即使泰山压顶，也能心如平湖，可是山穷水尽再也不会有柳暗花明，青史几行写尽他一生悲情，他没有面目去见他地下的列祖列宗。他困在亡国的痛苦里怎么徘徊都走不出，生命的最后一刻，他痛苦地倒在心爱的小周后怀里，往事如烟飘散，他也终于离开了这个让他一直痛苦的世界，死亡实现了他精神上最后的解脱。

　　在痛苦的日子里，他一笔一画地描摹着自己的痛苦，在日复一日的浅斟低唱里开创了词亦可抒情的先河，做皇帝他是这样失败，那就用细腻的笔法和疏宕的感情让自己成为中国文学史上成就斐然的大家。这位让后人哀其不幸、怒其不争、恨其不为的末代君主、词中之帝，王国维曾在《人间词话》中毫不吝啬地称赞他："词至李后主而眼界始大，感慨遂深，遂变伶工之词而为士大夫之词。"

　　最是人间留不住，朱颜辞镜花辞树。或许是上苍太过偏爱，将容貌、才华、权势、财富、爱情，这一切凡夫俗子穷其一生所愿所求的，全部毫不吝啬地给了他。《道德经》里说："持而盈之，不如其已。"于是这滚滚红尘留不住，这人世沧桑怎奈何。生于深宫之中，长于妇人之手的李后主，年少轻狂的最初，也只是想做一个可以毫无羁绊的富贵闲人、南山隐士，命运的大手却将他无情推上了那把高处不胜寒的龙椅。一生钟爱舞文弄墨，偏偏要被迫去做自己最不擅长的治国理政。求不得、放不下、得不到、已失去，他的人生最苦，也莫过如此。这是他后半生所有不幸的源头，却也是他能在词坛留下浓墨重彩一笔的因由。

　　一首首千古绝唱里，听不尽亡国之音，看不够世事无常。若有来生，唯愿他煮酒种花、填词作赋，唯愿他沧海流年、喜乐平安。

忍把浮名，换了浅斟低唱

年少懵懂，情窦初开，最是爱读柳永词。

"系我一生心，负你千行泪。"他是我少女怀情时反复咀嚼的怦然心动，是人世间最浪漫缱绻的诗酒茶花，是徜徉在花街柳巷的人间惊鸿客。一念起，明月清风皆春色，直教他"忍把浮名，换了浅斟低唱"。一笔落，人间胜景斑斓生辉，烟火红尘缠绵悱恻。他是文人，却和贩夫走卒在红尘里一起打滚，在俗世间一样奔波，湖山胜景、市井风光，羁旅行役、漂泊相思，他信手拈来的词句却影响了一个时代。他生不逢时，满腹经纶，却一生落拓，立志于功名用世却屡试不第。可他又是词坛婉约派当之无愧的代表人物，凭一己之力开启了宋词的巅峰。他备受朝堂之上的士大夫们诟病，却在声名鹊起后独得青楼歌女的青睐，"凡有井水处，皆能歌柳词"！千帆过尽，他仍被一代又一代的中国人追忆，让人感慨他的恰逢其时！

读书时酷爱历史，尤其沉迷唐宋盛景。千百年前那幅流动的鲜活画卷上，涌现出无数人类文明的浓墨重彩和熠熠星辉。江山如此多娇，引无数英雄竞折腰，瞬息血染河山。相传野心勃勃的完颜亮，这个有生之年心心念念着一统华夏的大金皇帝，在柳永去世的一百多年后，一口气读完了他笔下的那阕《望海潮·东南形胜》："东南形胜，三吴都会，钱塘自古繁华。烟柳画桥，风帘翠幕，参差十万人家。云树绕堤沙，怒涛卷霜雪，天堑无涯。市列珠玑，户盈罗绮，竞豪奢。重湖叠巘清嘉，有三秋桂子，十里荷花。羌管弄晴，菱歌泛夜，嬉嬉钓叟莲娃。千骑拥高牙，乘醉听箫鼓，吟赏烟霞。异日图将好景，归去凤池夸。"他被这物阜民丰的江南一瞬间惊艳，蠢蠢欲动着想要将它收入囊中。杨柳依依，初荷袅袅，酒旗临街，人声鼎沸，杭州的美景像一幅细腻勾勒的工笔画，烟雨江南的富庶一枕如梦，诗画钱塘里的繁华醉人如酒。三秋桂子、十里荷花的人间仙境日夜盘旋在他的心口，心向往之的他不由得起了扬鞭渡江、南下灭宋的念头，于是迫不及待地发兵六十万攻打南宋。《宋史·卷三百八十三》有记载："金主自将，兵号百万，毡帐相望，钲鼓之声不绝。"幸而不久之后金国内乱纷起，六十万精锐朝夕间灰飞烟灭，狼子野心的完颜亮也葬身江南。尘埃落定，南宋朝廷得以喘息，续命百年。

少年弱冠，执笔填词，光芒万丈，才华横溢的柳永写下了让他一时名噪江南的《望海潮·东南形胜》。然而时代稍一错位，他的命运就令人唏嘘。

时光缱绻里，往事翩跹似蝶。二十岁的柳永从家乡福建大踏步走出，江南的明山秀水温柔地落在他眼中，也绊住了计划进京赶考的风流少年郎。时任两浙转运使，驻节杭州的孙何刚好是他的忘年旧友。然而朱门难开，高门难进，出身布衣的他屡次登门，都没有成功见到忙于应酬的孙何。高墙内，想见的老友近在咫尺却求见不得；高墙外，是十里荷花，烟波荡漾，是杏花雨巷闻酒香的杭州美景。他灵机一动，将杭州的富庶繁华、锦绣琳琅，如梦如幻地在他的《望海潮·东南形胜》里描绘出来。中秋夜宴上，被柳永授意过的当红歌女楚楚臻首轻点，在觥筹交错里唱歌助兴，绿柳如烟轻拂画桥，春色缥缈一染钱塘，风帘翠幕交相辉映，怒涛霜雪翻卷钱江，词美得那样令人心醉，也使得一对地位悬殊的老友顺利重逢。

在大开大合中兼具工笔细描，在起伏跌宕里忍不住含情脉脉，都说柳永是婉约词派的代表人物，他却在朝气蓬勃的年纪把这首《望海潮·东南形胜》写得豪迈纵横。或许初出茅庐的少年，他还没有经历过科考的接连失利，没有经历过宦海沉浮、求而不得，浮光未曾碎去，光阴还没有跌进流年，他也曾拥有过"满堂花醉三千客，一剑霜寒十四州"的少年意气。

这首惊艳了时光，也惊艳了后人的《望海潮·东南形胜》，让他如愿以偿地敲开了孙何的大门，却没能如他所愿，成为他科考路上的敲门砖。自信"定然魁甲登高第"，幻想着在试场上一飞冲天的他，在科考路上却屡战屡败，屡败屡战。蹉跎在科考的时光里抑郁不得志的落拓柳永，不思改变，整日里流连在秦楼楚馆、酒肆瓦舍，在风流不羁里寻欢作乐，把酒填词，打发时光。

年轻气盛的他，曾想当然地以为凭借自己的才华，以及孙何的力荐，考取进士不过是囊中取物，然而人生不如意事十之八九，天不遂他愿，事不遂他心，以至于他第一次在秋闱中名落孙山之后，失望、怨恨、不甘如潮水般汹涌袭来，心潮激荡之下他头脑一热，写下了这阕得罪两代帝王的《鹤冲天·黄金榜上》："黄金榜上，偶失龙头望。明代暂遗贤，如何向。未遂风云便，争不恣狂荡。何须论得丧。才子词人，自是白衣卿相。烟花巷陌，依约丹青屏障。幸有意中人，堪寻访。且恁偎红倚翠，风流事、平生畅。青春都一饷。忍把浮名，换了浅斟低唱。"不过是一时失误，自己依旧是状元之才，明珠蒙尘，分明是朝堂有眼无珠。流年转瞬，青春那样浓烈，又那样短暂，与其孜孜不倦地追求功名利禄，不如沉醉在温柔乡，与心上人红尘携手，快意平生。彼时的他尚未遭受生活的毒打，没有在这个世界里艰难地摸爬滚打过，稚嫩的他用着最具叛逆色彩的词汇，在冒犯高高在上的统治者的词作里寻求心理上的一时宣泄。

千军万马里一路拼杀，科考失意者何止千万，落第文人读到这首词，如获至宝，心中的委屈于是都有了宣泄的去处，拍手叫好的声音在汴京城络绎不绝，一时间竟有了洛阳纸贵的盛况。柳永的词如此火爆，哪怕身在九重宫阙，宋真宗也早有所耳闻。柳永风流不羁、浪荡花丛，宋真宗从前却有诏："读非圣之书，及属辞浮靡者，皆严遣之。"颇有政绩的皇帝需要的是助他治世的能臣，而不是只会传播靡靡之音，且牢骚满腹的少年，被柳永填词阴阳怪气了许久的皇帝，心里定然是不会痛快的，于是在宋真宗一朝，柳永三次科考，三次落榜，终是仕途无望。

空怀"修身齐家治国平天下"的鸿鹄之志，在岁月的流光里消磨掉所有的书生意气。好不容易等到仁宗继位，柳永第四次参加科考，然而因为他在青楼酒馆里放荡得太久，如雷贯耳的名声还是传到了仁宗皇帝的耳中。本来已经金榜题名的他因为年少时《鹤冲天·黄金榜上》中的一句"忍把浮名，换了浅斟低唱"，被仁宗皇帝毫不手软地在榜单上除名："且去浅斟低唱，何要浮名？"皇帝的金口玉言给了他致命一击，几乎斩断了柳永未来的仕途，令他惶恐，也让他看不到科举的希望，他只能破罐子破摔，从此自嘲"奉旨填词柳三变"。

他若是生在包容开放的盛唐，一如少年登第的王维，一首荡气回肠的《望海潮·东南形胜》就足以在科考前的行卷中让玉真公主爱不释手，或许他的仕途也可以一帆风顺。然而造化弄人，他偏偏就生在了官员被禁止狎妓的宋朝。失之东榆，收之桑隅，于填词，他实在太有天赋，在落魄江湖的日子里，他佳作频出，好词连连，每一首都令人拍案叫绝。他以"对潇潇暮雨洒江天，一番洗清秋。渐霜风凄紧，关河冷落，残照当楼。是处红衰翠减，苒苒物华休。唯有长江水，无语东流"书写漂泊江湖的愁思和仕途失意的悲慨。他以"拟把疏狂图一醉，对酒当歌，强乐还无味。衣带渐宽终不悔，为伊消得人憔悴"描写漂泊异乡的落魄之感和对意中人的缠绵情思。他以"多情自古伤离别，更那堪、冷落清秋节！今宵酒醒何处？杨柳岸、晓风残月。此去经年，应是良辰好景虚设。便纵有千种风情，更与何人说？"描绘男女离别之情的惆怅凄凉，情真意切，令人泪目。

漫步在诗词的长河，这位以"俚词"独步一时的风雅之士，用笔墨化作江南烟雨里的一抹温柔、繁华市井里的一声哀愁、酒肆歌馆里的一缕清音，在他所勾勒出的世间百态里赋予词更蓬勃的生命力和更广泛的传唱度。人生的爱恨情仇、悲欢离合，在他的笔下，自有一股动人心魄的力量。连大文豪苏轼也称赞他的词作"唐人高处，不过如此"。

或许，我们不必再叹息他生不逢时，冥冥之中，所有的一切都是上天最好的安排。

卷三

梨花落后清明

终不似，少年游

悲欢离合总无情

映日荷花别样红

诗酒趁年华

独钓寒江雪

润物细无声

旧时王谢堂前燕

梨花落后清明

"燕子来时新社，梨花落后清明。池上碧苔三四点，叶底黄鹂一两声。日长飞絮轻。巧笑东邻女伴，采桑径里逢迎。疑怪昨宵春梦好，元是今朝斗草赢。笑从双脸生。"

晏殊《破阵子·春景》里工笔勾勒的春景，是一两只燕子轻快低飞，尾尖斜斜掠过水面，层层涟漪微微泛起，粼粼荡去。海棠未雨，梨花先雪，白色的花瓣在春风里翩飞纷落，如梦如幻。透绿的青苔星星点点地发芽，小池一天天渐染春意。灵动的黄鹂悄悄躲在叶子底下娇羞地轻唱，婉转悠扬，恍如天籁。飞絮入画，春色那样妖娆撩人，采桑的少女揽着三两春光入怀，拈花斗草间浅笑盈盈，回眸百媚。词中意境像酒后微醺，被柔软的云朵轻轻托起，舒适餍足，有他一如既往的清新脱俗，也有他一以贯之的娴雅婉丽。

微雨落清明，思念最绵长，浸泡在时间的酒坛里，埋藏在我记忆深处的清明，却和晏殊笔下的南辕北辙。没有清新脱俗的春色，没有细数云卷的闲情，只有朴素的白和沉郁的黑。

窗外是"清明时节雨纷纷，路上行人欲断魂"的细雨绵绵，老天淅淅沥沥地落下眼泪，连哭泣都是压抑着，不发出一点声音。眼前是"纸灰飞作白蝴蝶，泪血染成红杜鹃"的墓田祭扫、坟冢泣拜，冥纸焚尽成灰，翻飞如蝶，眼泪浸湿杜鹃，殷红如血，凄哀的面容无法舒展。心里面是"柳暗花香愁不眠，独凭危槛思凄然"的深沉思念，总有记忆的匕首刺进心扉，悲伤散去远方，疼痛逆流成河。

五岁丧母，唱着"没妈的孩子像根草"的歌跌跌撞撞地长大，思念有时风起云涌，像一阵光怪陆离的风，将心底的涟漪瞬息变成无边的惊涛骇浪。一年一度一清明，一伤一念一追思，那些以为弥散在云水时光里的如烟往事，那些以为尘封进烟火岁月里的记忆碎片，一瞬间纷涌如潮，刹那鲜活在时光的转角。丧母失爱的日子，我像离群的孤雁，茕茕孑立，惶惶然回头望去，来时的路上只剩下冷月清辉，遍地如霜，一片冰凉，痛彻心扉。那些从小到大受到的肆无忌惮的嘲讽欺辱、取笑逗乐，像一把刀尖锐地扎进心里，只一下就剜得我鲜血淋漓，疼痛不止。

一度怕清明，天是灰的，雨是凉的，风是冷的，小小的我攒够一年的思念、委屈和眼泪，半推半就地去见那个早已化成灰烬、躲在小小坟茔中长眠的母亲。母亲好远，远到我小小的脑海里早已模糊了她的音容笑貌，远到我生活中所有的喜怒哀乐早已擦去了她存在的所有痕迹。家乡习俗，是在正清明的前一周祭祀上坟。远离人间烟火的小河滩上，一丛细竹婀娜多姿，竹叶随风婆娑，密密青草漫过坟头，覆盖一片。烧过纸钱，拜过跪过，沉默过，这一年清明就又过去了。

冷雨似泪，落在坟茔上也落在我身上，湿了坟头的青草，也湿了我的眼角,一步三回头地离开,心底茫茫然一片空白,仿佛有千言万语,却又不知道应该从哪里说起。

下葬前的那个夜里,冷月无声,入骨冰冷,唢呐吹了又停,灯火通明了一夜。昏昏沉沉间倒地睡去,朦朦胧胧中夜半醒来,五岁的小孩光着脚踩在地上,窗外是无边的夜,眼前是一片惨白,隔着一堵薄薄的墙壁,躺着给予我生命的那个人冰凉透顶的身体。送人、寄养——白天里反复有不知道是逗趣还是恶意的声音响起在我耳边,好像明白,又好像困惑,心底紧绷的弦就在那一瞬忽然断裂,眼泪止不住地滑落,年幼的我茫茫然不知何去何从。

从读很多很多书到去很远很远的地方上大学,从背井离乡到成家立业,我始终倔强地不肯回去。像漂泊的小舟,找不到可以停靠的港湾;像缺失了一叶心帆,无法顺风远航;像失落了一角的圆,磕磕绊绊地前行。我千辛万苦地寻找那缺失很多很多的爱,像永远填不满的无底洞,没有办法餍足。

幸福的人用童年治愈一生,不幸的人用一生治愈童年。年岁渐长,流年里遇见过形形色色的人,也过上了物质富足的生活,可依旧无法填补幼时留下的伤口。无论身处何地,无论得到多少,始终无法自我疗愈,不能和自己和解,或许是对自己最大的惩罚。那些看似抚平的伤痕,那个仿佛填满的一角,总会在清明这个寄托哀思、缅怀先人的节日里无声裂开,再裂开,直到鲜血淋漓。

得到过很多很多爱,填满了过去所有的缺憾,我尝试着有一天能够放下所有的执念,释然所有的不圆满,放过走不出过去的自己。愿天堂有梦，梦里繁花一片，喜乐皆安、清澈圆满，母亲和我，隔着忘川两世相安。

做最大的官，写最雅的词，诗酒茶花，富贵一生。羡慕晏殊，他出生在富贵之家，带着家族所有的期盼幸福降世，沐浴在爱河里茁壮成长。他十四岁时已是文采斐然，小小年纪参加科举就被宋真宗赐同进士出身。神童的名声轰动朝野，皇帝眷宠日盛，巅峰的时候他官至宰相，仕途顺风顺水。太平宰相，盛世词人，一生富贵无极，人生的圆满莫过于此，所以他笔下的清明，是春和景明、草木萌动，是生机勃勃、万物可盼，是少女嫣然、佳人浅笑。他一生最深的触景生情，也不过是"无可奈何花落去，似曾相识燕归来"的为赋新词强说愁。

来时清楚回去路，去时已知归家途，有人等待有人盼，有家可回有人爱。愿有人与你立黄昏，有人问你粥可温，有人为你捻熄灯，有人供你书半生，有人陪你顾星辰，有人醒你茶已冷。布衣蔬食，余生皆安，沈复的《浮生六记》里记下了我所有的心之所向，素履以往。

"燕子来时新社，梨花落后清明。池上碧苔三四点，叶底黄鹂一两声。日长飞絮轻。巧笑东邻女伴，采桑径里逢迎。疑怪昨宵春梦好，元是今朝斗草赢。笑从双脸生。"咀嚼再咀嚼，思量再思量，愿终有一个清明，生活的缤纷可以填满心中所有的空白，筋疲力尽时有人可倚，最终释怀后一身轻松，每一滴流下的眼泪都是喜极而泣，所有的哭泣都会否极泰来。

度人度己，这一生注定了度不了他人。或许，每个人的生命之舟，都需要自己掌舵，穿风越雨，才能抵达想要抵达的彼岸。

终不似，少年游

四十岁终于功成名就，有钱有闲。十八岁时可望而不可即的华服美裳、佳肴盛馔，二十岁时心心念念的星辰大海、诗和远方，仿佛近在咫尺，一切唾手可得。

春和景明，四月的微风那样温柔缱绻，一夕吹过万里，吹艳了盛景。酣畅淋漓地购物，不问归期地远行，以为这一次，终于采撷到繁盛春天的些许芬芳，浸染素年锦时，也终于可以心无旁骛地不负流年，重回往昔。然而青春懵懂时，那些让人辗转反侧、梦寐以求的东西，这一刻虽然轻易到手，却已经心如止水。那些徘徊梦中、求而不得的风景，终于遇见，却已经不再怦然心动。

年少时总以为来日方长，未来可期，大把的光阴在手，可以尽情挥霍，来不及转身细品当下，就匆忙低头，健步如飞。当时只道是寻常，殊不知人间世事无常，时光不会重来，追忆似水流年，却忘记了流年如飞絮浮尘，早已过了怦然心动的时期，时隔经年，哪怕唾手可得，也不再是记忆中心心念念的旧时模样。

"黄鹤断矶头，故人今在否？旧江山浑是新愁。欲买桂花同载酒，终不似，少年游。"浮生如梦亦如烟，只记开花不记年，淡淡的忧伤里，是说不清道不明的那种惆怅，强烈撞击在我的心口，止不住心同此心，情同此情。

从《诗经》里的"关关雎鸠"缓步走来，漫步过秦砖汉瓦，流连过魏晋风骨，诗词歌赋的涓涓溪流在唐宋汇成滚滚翻腾的江河。唐诗宋词的漫漫星河里璀璨闪耀着太多太多的名人名家，李白、杜甫、白居易、王维、苏轼、刘禹锡，每一个人都是那样光芒万丈，既灼灼照耀了无尽星河，也无情掩盖了万千星子散发的微光。像流星一样划过南宋星空的词人刘过，就是那万千微光中的一缕。他也曾激扬文字，指点江山如画；也曾豪情万丈，纵论古今盛衰。翻看过他跌宕起伏又酣畅淋漓的一生：才华横溢却屡试不中，少年怀志却流落江湖，心系庙堂却布衣终身。轰轰烈烈过半生，像经历了一阵又一阵的风，每一次了无痕迹地吹过，岁月暗生的种种遗憾，都无声长在了心间。

彼时的少年也曾青衫磊落、眉目青涩，也曾眼波清澈、心怀梦想。"满堂花醉三千客，一剑霜寒十四州"，对酒当歌间切磋学问，觥筹交错里丝竹醉人。本来就是性情中人的他，慷慨激昂时也会不管不顾地上书朝廷，"屡陈恢复大计，谓中原可一战而取"。功名难求时他也不痛苦、不彷徨，而是挥一挥衣袖，潇潇洒洒地出门，漫游江浙，作客他乡，来一场说走就走的旅行。他交游广阔，既能和陆游这样的爱国文人把酒言欢，也能和辛弃疾这样顶天立地的英雄互为知音。

少年时期，他的双脚踏遍软红十丈，灯火阑珊处，他自由自在地来回穿梭，光阴全部化作了虚无缥缈的云，世间万物都被他抛在了脑后。然而流年暗换，韶华不再，蓦然回首，才发现时光流逝、物是人非，身边的故友一个个离去，山河破碎，眼前好梦不再，残诗难续。

"欲买桂花同载酒，终不似，少年游。"重游故地，旧人已去，良人不复，心血来潮买来惦记了好久的桂花与醇酒，想象着鲜衣怒马、烈焰繁花，像往日般畅快饮酒、恣意游玩，但承载了他整个青春的那些人和事，都已经换了模样，人不再是那时的人，事也不再是那时的事。时光清浅，人事翻覆，心绪已变，逝去了就是逝去了，回不去了就终究是回不去了，所有的惘然都化作了这一瞬的意难平。

人情多变化，世事几沧桑，时光眨眼去，如水不复还。世界上没有两片相同的叶子，人也不能两次踏进同一条河流。逝者如斯，不舍昼夜。刘过也好，我也好，任何人也罢，那就努力地活在当下，不念过往、不畏将来、不负余生。喜欢繁花似锦，花开的时节，就高高兴兴赏花，见每一朵花摇曳生姿、如画旖旎，内心自喜便可。喜欢天地高阔，就收拾行囊远行，见每一处烟火人间，星垂平野、月涌大江。若有凌云壮志，那就埋头书堆，不负光阴，闻鸡起舞也好，悬梁刺股也罢，于斗志昂扬之中达到内心圆满便可。若有志趣相投之人，就倾心相交，如果能够始于志趣、忠于人品、久于真心，就可以慰藉半生。日日复月月，岁岁复年年，在平凡微小里努力散发微光，让心灵如花朵盛开，自带芬芳。

花开堪折，林花谢了春红，再见又是另外的一春。专注于眼前的人，聚焦于身边的事，脚踏实地，活在当下，行在今日，既不遗憾曾经错过，也不盲目憧憬未来。无论是曾经热烈繁华，还是枯萎凋零，只要酣畅淋漓地拥有过，披荆斩棘地前行过，所有的遗憾就都不再是遗憾，不必惦念，无须重来！

"欲买桂花同载酒，终不似，少年游。"刘过长长的慨叹里，有对旧日青春美好的眷恋，有对如今山河破碎的感伤，也满怀着一事无成百不堪的郁结。少年子弟江湖老，如黛青丝转瞬斑白，时光煮雨，岁月缝花，流年似锦，光阴如念，时间一步一更迭，任谁都是不相欠，不必介怀，无须惘然。

刘过没有释然。

山河破碎，满目疮痍，偏偏人到垂暮。那又如何？只要心系天下，情牵百姓，那就不要犹豫，尽情地举起手中的三尺青锋，铁马金戈，厮杀阵前，就算马革裹尸，这一生也不会遗憾。旧友不在又如何？哪怕千山万水，也可素履以往，荆天棘地，也不忘抵达后相逢一笑。若是早已天人两隔，那就代替不在的那个他，好好看遍这人间山水，不负余生。

珍惜当下，踏浪而往，全力以赴在心上开花。愿有一日，欲买桂花同载酒，既见当时轰轰烈烈，又见当下不枉此生。

悲欢离合总无情

落笔时分，已是流云散尽，倦鸟还巢。

暮色四合，天色趋暗，黄昏里小雨淅沥，雨线漫漫。

帘卷微风，凭栏而立，小小的身影立在窗户下面，静静地听雨落下。雨线无声，打过檐头铁马，打过中庭芭蕉，打过花枝簌簌，打过绿草茵茵，模糊了视线，湿了一地的落叶飘零。雨是蒙蒙的一片，天地也成了朦胧一色。

惆怅的情绪，一如无数次咀嚼过的这首词，在回忆里渐渐氤氲，无法抑制："少年听雨歌楼上，红烛昏罗帐。壮年听雨客舟中，江阔云低、断雁叫西风。而今听雨僧庐下，鬓已星星也。悲欢离合总无情，一任阶前、点滴到天明。"写这首《虞美人·听雨》时，五十多岁的蒋捷已经两鬓霜白，风烛残年。饱经沧桑的他伏在夜灯下，向时间的深处回望，在这一场和雨声的邂逅里，写尽人生百般滋味。

王国维在《人间词话》里说，词以"境界"为最上："'昨夜西风凋碧树。独上高楼，望尽天涯路。'此第一境也。'衣带渐宽终不悔，为伊消得人憔悴。’此第二境也。‘众里寻他千百度，蓦然回首，那人却在，灯火阑珊处。’此第三境也。”世间却有这样一个人，用一首词的文字表情达意，诉说了与王国维"三种境界"同样的含义。少年时纸醉金迷，欢歌笑语，不知道愁是何物；壮年时四海漂泊，客舟为家。时代轰轰烈烈，翻开了新的一页，对他而言，人间已是沧海桑田、繁华落尽，居无定所才是他的人生常态。时间分明公平地前进，可他偏偏苍老，衰败得那样快，像开败的花朵、初秋的残荷，静静叙述着季节的更迭和生命的轮回。他才五十岁，容貌心性却已如暮年，孤寂潦倒，寄居僧舍，无限悲凉欲说还休。往昔的繁华只剩了回忆，少年时的笙歌好像黄粱一梦。

从少年到壮年再到暮年，寥寥几十字，却穿越了人生四季，把生活的悲欢离合写尽，酸甜苦辣写透。愿有岁月可回首，且以今朝共叙旧。回头望他，出生于江南望族宜兴蒋家，古老的蒋氏家族起源于西周初年，周公旦的第三子姬伯龄，传到蒋捷已经是第九十六世。何止百年世家，他是真正的书香门第、名门望族。含金匙而生的他年少时意气轻狂，把酒祝东风，且共从容，青春年华里轻歌曼舞，端的是"少年不识愁滋味"。欢喜来得飞快，惆怅去得也快。偶尔听一晌春雨，所有的淅淅沥沥，不过是他在天边弹奏出来的一曲轻歌。就算是人生翻覆，变故突生，可是余生且长，回忆且短，趁着年轻醉一场、哭一场，大把的光阴还可以挥霍，天可填、海可补、山可移、星可转，明天就又是新的一天了。

年岁渐长，在时光的洪流里颠沛半生，跌跌撞撞地行走到这一天。如潮起了又落，云聚了又散，日子长得恍惚了，竟令人彷徨又惶恐起来。那一天，诸神闭上了他们的眼睛，蒙古骑兵马踏临安，这座"市列珠玑，户盈罗绮，竞豪奢"的江南名城在 1276 年春陷落。三年后，关系到南宋生死存亡的崖山海战以元军以少胜多，宋军全军覆没结束，爱国将领陆秀夫在绝望之中抱着年幼的皇帝葬身于万顷碧涛，爱国忠臣紧随其后，十万军民跳海殉国。

　　此时，距离他金榜题名不过短短几年，他还没有机会开始在朝堂上大展身手，他所报效的朝廷就已经灰飞烟灭了。亡国的命运落到所有人身上，覆巢之下，安有完卵？状元宰相文天祥丹心如血、宁死不屈，留下浩然正气、慷慨就义。皇室后裔赵孟頫被人举荐，奔赴大都，以赵宋宗室子弟身份臣服元朝，再享富贵。两千多年的历史太过久远，家族血脉早已经决定了蒋捷的人生走向，不能低下高贵头颅，也不愿折一身的傲骨，蒋家子弟更不可以出仕去守护元朝的江山。南宋分崩离析，皇帝葬身大海，忠臣以死殉国，江山改朝换代，退无可退的他选择了从此四海漂泊，看淡今朝。"流光容易把人抛。红了樱桃，绿了芭蕉。"春山是愁，冷雨是愁，清醒是愁，酒入愁肠愁更愁。少年时期易笑易怒的情绪如今都已经黯然收起，只剩了嘴角那抹永远浅淡的微笑。那笑容已经无法到达眼底，只在眸子里浅浅一探，涟漪都未曾荡起半分，便消散在下一秒的转身里。

　　百代望族的后人，声名在外的才子，是元人重点要驯服的对象。他在元朝廷的极度"青睐"里被迫独自客居他乡，一人浪迹天涯。南宋亡国了二十多年，他也同样漂泊了二十多年。这一刻，心和身体一样疲惫，人和国家一样沧桑。佛说，三千大千世界，宇宙只是一粒尘埃，生而为人，何其渺小，过去种种，不如放下。然而听了一夜的雨，想了一夜的心事，少年时期的灯红酒绿、开怀浪漫，壮年时期的亡国之痛、江山易色，二十多年的浪迹天涯、东躲西藏，往事历历在目，依旧刻骨铭心，让他怎么放下，又如何放下？

南宋如果没有亡国，他人生的轨迹或许会有少年红袖添香，壮年纵横四海，暮年功成身退的种种可能，一生顺遂，喜乐无忧。可惜造化弄人，他的一生都在用生命诠释爱国的另一种方式：不配合，不投降，独自逃亡，无声抵抗。

人生的彷徨与孤独浓郁到令人窒息，从睁眼到闭眼，从日出到日落，他咬着牙在光阴里挨着，一天又一天，生命不息，便永远没有尽头。这样浓烈的悲情，总让陷于迷茫的我们轻易共情。年岁渐长，生活给予的压力，让我们的内心总会升起迟暮的伤感，但又不知从何处说起，更无人可以随意诉说。白天的热闹在暮色下散场。深夜晚归，偌大的房子里只听得见自己一个人的呼吸。心有千千结，一身的疲惫，竟无处可以诉，无处可以哭。

不知道何时，眼中的星光在岁月沉浮里渐渐地湮灭。不知道何时，开始在回忆中缅怀那些可以大哭大笑的青葱岁月。不知道何时，一个人听雨的时候，竟生出了从未有过的别样的惆怅滋味。

"寒蝉凄切，对长亭晚，骤雨初歇。"流落江湖，冷雨入夜，秋景凄清，他已肝肠寸断。

"君问归期未有期，巴山夜雨涨秋池。"羁旅在外，有家难归，夜雨淅淅沥沥，更添了他几分愁绪。

"雨中黄叶树，灯下白头人。"凄风苦雨，黄叶飘零，昏黄的油灯映照着风烛残年的老人，他满头白发那样醒目，心中的悲苦不知从何说起。

"山河破碎风飘絮，身世浮沉雨打萍。"生死关头，回忆一生，感慨万千，国破家亡，他是雨中浮萍、风中飘絮，再也无所依附。

那些落笔在唐诗宋词里铁画银钩般醒目的诗句，一句句咀嚼过来，一下下击中心扉。隔了千百年时光，光影交错，我竟也有了一瞬间的感同身受。悲欢离合总无情，只是当时已惘然，回过头细细琢磨，却总被诗句中的那些离愁与忧思的情绪感染。

读《虞美人·听雨》时也是这样。

窗外的雨线漫漫，筝声慢，箫声咽，喑哑的读词声渐渐响起，回荡在我的耳边。那阶前的雨，一滴一滴落在心上，那样缠绵又余韵悠长。年岁爬上双鬓，思念寄居在每一道皱纹上，追逐欢笑的时光早已老去，四方零落，辗转飘零，像风雨中的一片浮萍，失去了可以安定下来的根。江水滔滔，江月泠泠，失群的大雁叫声凄凉，卷地风来忽吹散，半空中一叶飘零，俱是离愁。

読到这里，泪便落了下来，心中却茫然，仿佛空了一块。

漂泊半生，家也破，国也亡，白发苍苍，背影佝偻，回望半生孑然，恍然如梦。此身已一无所有，只余了两袖清风、半缕忧思。蒋捷终于累了，倦了，靠一会儿，看一会儿，停一会儿，静一会儿，听一会儿……

年轮的书终于快翻到了尽头，薄酒一杯，半杯都敬了过往，剩下的半杯，浅抿一口，都留给余生。

半生羁旅，余生已短，就让他擦干泪，余生欢喜，可好？

映日荷花别样红

  词分婉约与豪放。豪放如东坡大江东去，读来令人心潮澎湃，热血沸腾；婉约似柳永晓风残月，读来令人回味无穷，萦绕心头。婉转细腻、含蓄隽永的婉约词总让人不经意想起小桥流水、雨打芭蕉的如画江南，而江南画卷上浓墨重彩的"人间天堂"杭州，那些烟雨的清晨，檐下的绸伞，四月的柔风，烂漫的春花……像余韵悠长的旋律，像沁人心脾的茶香，让人印象深刻。水晶帘动微风起的夏日，一缕带着西湖荷香的写意清凉，就如同静水深流过身体，在我的心上悠然花开。

  时光曼舞入夏，长长的蝉鸣声里，沿着北山街悠然而上，满湖的荷花亭亭争艳，粉若红云，灿若烟霞，清香十里，无声馥郁。田田的荷叶挨挨挤挤地挺立在清澈的湖水中，悠然摇曳，连这湖水都被这起伏的荷海浸染得香气袭人、沁人心脾。抬头是三面层层叠叠、绿得浓郁的山，远近高低，浓淡皆宜，如一幅渲染得恰到好处的水墨画，在阳光下熠熠生辉。如梦的湖光山色里，三三两两的游人徜徉在这半湖山水半湖荷的趣味之中，倚栏轻嗅，驻足流连，说说笑笑，惬意无比。

"毕竟西湖六月中，风光不与四时同。接天莲叶无穷碧，映日荷花别样红。"宋朝诗人杨万里的经典诗作《晓出净慈寺送林子方》，就这样一瞬间潮涌般奔腾于脑海，婉转起伏。闭眼是密密匝匝的荷叶层层铺展，无边无际的青翠碧绿连绵不断。阳光如碎金洒落人间，粉嫩的荷花无声娇艳，夏天的凉风从西湖的柔波里轻轻吹来，无边的花海就这样如梦如幻地婆娑摇曳。

多少人初次认识杨万里，这位名列南宋中兴四大诗人之一的大文学家，就是从这短小精悍却又意蕴深远、凝练含蓄的二十八个字开始。

在他的笔下，六月西湖的美丽风光独占，相得益彰的半湖山水半湖荷，刚柔相济，如同一幅精彩绝伦的彩绘山水。晨光熹微里，一袭青衫的诗人推门迈步，折柳临风，这一天，志同道合的好友林子方即将奉皇命远赴福州任职，从此天涯路远，相见遥遥，不知归期何期。沿着西湖岸来回踱步，光影斑驳，他抬头，身侧的雷峰塔顶在晨曦里闪着夺目的金光，举目远眺，对岸的保俶塔如少女般亭亭玉立，净慈寺的钟声空灵悠远，拥着晨风而来，声声传入他的耳中。他转头，南屏山云遮雾绕，山峦如聚，屹立在钟声的余韵里，竟也有了几分慈眉善目的温和。

他痴痴地想用这半湖山水半湖荷将自己的知己好友留下：前方的路未必是一片坦途，福州未必就是福地，就算朝廷中还有人护着他，可离得远了，终究鞭长莫及。然而从直阁秘书连升几级的林子方，此时正沉浸在无边的喜悦之中，意气风发的他听不进老友的婉言相劝，毫不犹豫地策马扬鞭，直下福州。走时或许兴高采烈，或许依依不舍，但他终究还是挥一挥衣袖，不带走半片荷叶。

十里风荷，烟波浩渺，湖山辉映，水天一色。岁月悠悠，西湖的深处，南宋的一草一木早已深深埋葬进时光的浮沉，沧海桑田里江山几番大变，再也听不到前朝的逸事，再也找不到旧年的踪迹。但是八百年前皇城根下的这同一片湖山，经过岁月的沉淀，依旧风光旖旎，荷香清远，让人沉醉其中，忘记所有尘世的烦恼。入夏时节，极目处，西湖十里莲叶无穷，错落有致的荷花娉婷而立，粉颊微红，洁白如玉，烟水依旧，风光依旧。只是写下"接天莲叶无穷碧，映日荷花别样红"的诗人，音容已远，只留下时光雕琢的记忆碎片，在我们的心头反复回放，余味甘甜。

时光荏苒，悠悠然如一幅如歌如画的卷轴。几年的光阴眨眼而过，遥想杨万里和林子方这一对好友，遍看世间繁华之后再聚西湖，或许已是白发苍苍，须眉皆变，或许日子辗转春夏，转眼秋冬。不变的是西湖景色依旧，山峦如画，碧水如诗。不变的是他们记忆里那个微风初起的明媚早晨，晨曦抚过净慈寺虚掩的门扉，宁静里交织着离别的两三缕悲伤。然而淡淡的荷香隐隐扑鼻，清冷的湖光刹那就因为它添了几分热闹和勃勃的生机。

"脊梁如铁心如石"是他一生的写照，从高中进士到辞官退休，三十八年历经四朝，出任过很多官职，大都官位不高，但政绩卓著。他以满腔忠诚行忧国忧民之事，直指奸佞，毫不顾忌，因此，遭贬谪或排挤对他来说不过家常便饭。中原沦丧，只剩了半壁江山，他力主抗金，反对屈膝投降，曾两次向皇帝上书献策，以期振兴国家，重整山河。他文采风流，权臣韩侂胄许他以中书省、门下省的高位，嘱托他为自己写《南园记》用来提高自己的声望。因为鄙夷权臣的为人，他斩钉截铁地拒绝，为此他遭遇了激烈的报复，被无情地驱离朝堂，赋闲在家十五年。人生匆匆，又有多少个十五年可以虚度？可他却从没有后悔过。落花满路无人惜，踏作花泥透脚香。这样一个刚直不阿的人，却用"接天莲叶无穷碧，映日荷花别样红"的诗句写尽了一座城市的浪漫，擦亮了一座城市的人文底色。

千百年来，荷花已成为杭州这座文脉悠长的城市里无可替代的夏日名片和城市印记，杨万里和他的《晓出净慈寺送林子方》应是功不可没。冥冥中似上苍注定，时光流转，到了四百二十四年后的明朝万历三十九年（1611），《杭州通鉴》记录下了时任钱塘县令的另一个杨万里，他励精图治十年，以虔诚之心修筑小瀛洲的外堤，使"湖中有湖"的经典水上园林格局初见规模："万历三十九年（1611）钱塘县令杨万里以10年时间在放生池外筑外堤，堤岛之间以曲桥相连呈田字形，构成湖中湖、岛中岛的园林格局，小瀛洲自此形成，其面积105亩。"史料同时记录了今天如小荷般尖尖探头立于三潭印月的那三座小石塔，这是当时与他同名同姓的杨万里的神来之笔。

当年万里觅封侯，何等意气风发，同一个闪闪发光的名字，穿越时光的隧道，从南宋而至大明，光阴如梦变幻，西湖何其有幸，杭州何其有幸，遇到了同名同姓的两个人，留下半个西湖的浪漫和惠及后世的卓著功勋。

漫天的微卷流云里，"接天莲叶无穷碧，映日荷花别样红"。荷叶田田，荷花亭亭玉立，浅斟低唱一曲菱歌，捧起清茶半盏，分别多年的好友就这样相视一笑。

抬望眼，但见星河灯火，山河如画。低眉处，夏荷正美，时光正好。

诗酒趁年华

　　永夜未央，窗外有繁星如雨，清辉遍地。临近午夜，已是星月俱静，只听得到夜风伴着清幽的虫鸣，清冷孤寂，却有种洗尽铅华的美丽。

　　合上书页，咀嚼过诗词带来的充实和精神快慰，很快抵消了长时间静坐积郁的疲惫。我本性喜静，宅家而居的日子，多与书香为伴，常和笔墨为朋，朝听晨鸟啁啾，夕看落霞孤鹜，低头写文字，抬眸读诗词，伴着一扇轩窗，一盏清茶，便是我明媚流年里最幸福的诗酒年华。

　　"春未老，风细柳斜斜。试上超然台上看，半壕春水一城花。烟雨暗千家。寒食后，酒醒却咨嗟。休对故人思故国，且将新火试新茶。诗酒趁年华。"宋代文学家苏轼的词作《望江南·超然台作》，便是这个时节里一道最明媚的光，摇曳出春的烂漫，照亮我每一段单调寂寞的日子。杏花微雨、落英缤纷的日子里，柳枝随风，妖娆起舞。桃花灼灼里，春水微微闪动；梨花漫漫下，春花缤纷竞放。更行更远处，家家瓦房，处处院墙，均在缥缈的雨影之中，朦胧如画。那些值得回味的风景，那些给予人勇气的信念，那些带给人力量的希望，一步之遥，原来都在可望可即的彼岸。故乡可思可念，但过去的便过去，不必心心念念、恋恋不舍，姑且点上新火，烹煮一杯刚采的新茶，趁年华尚在，作诗醉酒，且共从容。

用之则行，舍之则藏，被任用就施展抱负，被放弃就独善其身。中国古代的知识分子，从商周时期义不食周粟的伯夷、叔齐兄弟，到垂钓于渭水河畔却胸怀天下的姜太公，从先秦时期智慧超群的鬼谷子，到东晋时期不为五斗米折腰的陶渊明，他们的一生都在追求功名利禄和隐居世外的纠结里兜兜转转。才华横溢的苏轼，也会在"道行"与"道不行"之间取舍。但"且将新火试新茶，诗酒趁年华"，苏轼终究拥有豁达超脱的襟怀和积极的人生态度。一生宦海沉浮的他，仕途坎坷但坚守性情，经风沐雨时宠辱皆忘，披霜挂雪后超然物外。

年少最爱读柳词，爱他"杨柳岸，晓风残月"的缠绵悱恻，也爱他白衣卿相的自在从容。岁月磨砺之后，我却渐渐爱上了东坡词中的旷达不羁。由讽世到愤世，从自嘲到自适，从居庙堂之高到处江湖之远，得意与失意交织的宦海沉浮里，世事洞明皆学问，或许释怀和放下才是人生的最终目的，追求内心的自在快意才是活着的真谛。于是，他用一首《满庭芳·蜗角虚名》照亮了词坛，道尽了人间："蜗角虚名，蝇头微利，算来著甚干忙。事皆前定，谁弱又谁强。且趁闲身未老，尽放我、些子疏狂。百年里，浑教是醉，三万六千场。"风月无涯，人生有限，功名利禄不过过眼云烟，奔波忙碌结果虚无缥缈。人生大梦一场，那就活在当下，享受当下，那就对酒当歌，痛快百年，随喜通透而不执拗，积极进取但不妄求。

从来诗言志，词言情，词为艳科由来已久，眉目传情间活色生香，风流韵事里儿女情长。但是苏轼的豪放词格调雄浑，气势磅礴，在词作中引入诗歌的情志，使词的格调立显，可与唐诗争妍。他赋予脍炙人口的那首《念奴娇·赤壁怀古》不一样的豪情："大江东去，浪淘尽，千古风流人物。故垒西边，人道是，三国周郎赤壁。乱石穿空，惊涛拍岸，卷起千堆雪。江山如画，一时多少豪杰。"素练横江，滔滔江水一路狂奔，声撼半天，惊涛如雪。波澜壮阔的画卷徐徐展开在他眼前，回忆往昔，那些争相传唱的风流人物，每一个都惊艳着历史，也惊艳了眼前的他。人生如梦，天之骄子狠狠跌了一跤，卷入乌台诗案，历经九死一生，心灰意冷，谪居黄州，郁结在怀的他静静伫立在长江北岸的黄州赤壁，江潮踏歌而来，如长虹贯日，和银河争流。山河那样壮丽，遥想他所偏爱的三国周郎，集颜值、才华、地位于一身，羽扇纶巾，雄姿英发，曾经在赤壁写下自己人生最辉煌的一页。罗贯中笔落惊风雨，后人耳熟能详的《三国演义》里，许多都是虚构的故事，导致我们对周郎生了误会，认为他心胸狭窄，善妒好嫉。幸而有了苏轼，为历史上的周郎正了名，实际上他儒雅风流、宠辱不惊。笔墨生香，斐然成章，苏轼的词开一代新风，篇篇冠绝古今，读来令人有登高望远、超然尘外的酣畅淋漓之感。

人生如书册，或工笔细描，或写意流风，浓浓淡淡，落笔勾勒，全看个人修行。如春叶抽芽，如夏雨滂沱，如秋果累累，如冬雪皑皑，我们中的多数人，是四季更迭里最普通的一片叶、一滴水、一个果、一瓣雪，是熙攘人群里一个最平凡的背影，是浩渺银河里一颗最微小的星子。不是所有鲜花都怒放在春天，也不是所有春水都奔向大海。人生不如意事十之八九，芸芸众生里的大多数普通人，小时候没有万卷藏书可以陶冶情操，成长的过程也没有良师益友可以指点迷津。荆棘岁月里，有人对酒当歌，及时行乐，也有人坚守梦想，蹒跚前行。光阴不为任何人低眉，诗酒趁年华，有人选择在寻常日子里波澜不惊地度过余生，有人选择看光阴消失在生活的斑斓里，而我喜欢用汗水耕耘，与手指舞蹈，头枕过诗风词韵，心藏起佳作美篇，锦绣文章陪伴走过岁月年华，无法言说的欢乐就这样一路随风唱响。

如苏轼之豁达，似东坡之进取，诗酒当趁年华，奋斗应在当下。做一个心有梦想的人，随时让梦想起航，且歌且行，且斟且吟，唱响属于自己的精彩！愿走出人生低谷的你我，行在当下，赢在未来，行努力之路，守纯真之心，最终馥郁成人生道路上的一抹馨香。

独钓寒江雪

叶落知秋，落雪成冬。

银装素裹时分，西湖的水便分外雅致了。断桥静静地横亘在白堤的尽头，几弯秃枝夹在绿杨丛里，从湖岸上斜斜地向外探出头来。湖波如镜，映出桥与树清晰的身影。那般静谧，像时间都静止不动了一般。落了一夜的雪，断桥裹了身毛色细腻的上好白裘，让人不忍心踩踏亵玩。晓风呜呜地唱响着从前那如泣如诉的传说，靴声橐橐而近，翘首以盼的游人带着朝圣的心虔诚而来，听着旧日的故事观雪赏景，入耳竟无比的熨帖。

斜晖脉脉，白雪莹莹，晚风呜呜，人影绰绰。那是四季流转里定格在我眼眸心底最魅惑的西湖雪。

"千山鸟飞绝，万径人踪灭。孤舟蓑笠翁，独钓寒江雪。"天寒地冻，大雪纷飞，千山万径，人鸟绝迹，世间万物都被这飞舞的精灵染成白茫茫一片，天地之间一尘不染，万籁俱寂，只剩下江面上一叶孤舟，披戴着蓑笠的老翁，从容自在地静坐舟尾，在寒冷的江面上怡然自得地垂钓。短短二十个字，那种幽静寒冷，那种清高孤傲，像一颗子弹呼啸而来，一下子击中了我的心房。

那样虚无缥缈又远离尘世，那样上下求索却求而不得，那是柳宗元谪居永州之后最清冷纯洁的雪。

天才的贵族少年，出生在名门望族河东柳氏。十三岁，他替人写下《为崔中丞贺平李怀光表》的贺信，神童之名不胫而走。前半生少年得志，前途似锦，金榜题名之后紧接着洞房花烛，人生乐事接踵而来，春风得意莫过于此。只是浮云沧海，世事翻覆，深爱的妻子难产去世，辅佐的帝王被迫退位，一心革故鼎新，立志废除宫市，罢免贪官污吏，抑制藩镇势力，召回被贬忠臣，却在"永贞革新"失败后被无情地贬为永州司马，朝堂风云变幻得那么快，一百八十岁的唐朝病势渐沉，却一再讳疾忌医。仅仅八个月的时间，他就从庙堂跌落江湖，生死边缘游走一圈，蛮夷之地一待十年。

穷乡僻壤的永州疫病流行，毒蛇遍地，他居无片瓦，身无长物，只能携一家老小寄居在简陋的龙兴寺里。一生养尊处优，从来没有吃过苦的母亲卢氏在颠沛流离之后还是撒手人寰，女儿染病身亡，政敌们诽谤他，骂他的声音经年不绝。流年如此残忍，仓促中他像被飓风席卷，转眼撕心裂肺，壮志未酬，身遭贬谪，亲人离世，饱受非议，他像一片秋叶，孤单飘零却不知何去何从。

韦应物在《淮上喜会梁川故友》里写道："浮云一别后，流水十年间。"沈佺期在《古意》中感慨："九月寒砧催木叶，十年征戍忆辽阳。"杜牧在《遣怀》里叹息："十年一觉扬州梦，赢得青楼薄幸名。"从冠盖满京华的长安被贬到山遥水远的永州，逆旅匆匆十年，人世沧桑尽在不言中。一年又一年，他看春去秋来，数花落花开，他承受着他的痛苦，在痛苦中阅尽人间沉浮之事。

这一年冬天，千年之前的永州下了一场铺天盖地的大雪，鹅毛大雪落满空荡荡的人间，湮没了这人世间一切的罪恶和龌龊。他与堂弟柳宗直漫步江边，目之所及，江面上一舟一翁、一人一竿，白雪中蓑衣斗笠的渔翁如僧入定，背影笔直。这一刻，清寒寂寥的天地间仿佛只剩下眼前这一抹岿然不动的背影。孤独与寂寞吞噬着他的心，三十三岁，他在人生命运的分水岭上有感而发，写下了这首脍炙人口的《江雪》，星光璀璨的文学史上最孤独寂寞的一首诗："千山鸟飞绝，万径人踪灭。孤舟蓑笠翁，独钓寒江雪。"中年被贬谪蛮夷，丧母丧女，跌倒了又跌倒，几乎就要匍匐在地，他既一无所成，也已经一无所有，像有千斤巨石沉甸甸压在身上，他疲惫到喘不过气来。

余生或许很长，或许短暂，而他，只剩下一个人踽踽独行。

很多年以后，我读到了张岱的《陶庵梦忆》，同样是势不可当的大雪，他写隐入烟尘里对酒当歌的西湖雪，看似孤独却没有丝毫寂寞，清冷之中却透着偶遇的欢喜："大雪三日，湖中人鸟声俱绝……雾凇沆砀，天与云与山与水，上下一白。湖上影子，惟长堤一痕、湖心亭一点，与余舟一芥、舟中人两三粒而已。到亭上，有两人铺毡对坐，一童子烧酒炉正沸。见余大喜曰：'湖中焉得更有此人！'"山岳静峙，银蛇潜伏，空旷深幽的雪景晶莹剔透；夜深人静，残月如钩，一袭青衫的张岱小舟独往；亭中遇客，邀影对酌，依依惜别的三人回头顾盼。

一白、一痕、一点、一芥，人烟渺小，天地高阔，不到两三百字，写尽湖山雪景的迷蒙苍茫，传尽西子雪妆的风姿神韵。那是崇祯五年（1632）十二月，张岱笔下乘兴而来、尽兴而归的西湖雪。

他和柳宗元有着惊人相似的人生，同样出身世宦，同样文采风流，前半生鲜衣怒马，走马京都，后半生才高运蹇，仕途梦断。张岱在清兵南下的时候选择隐入山林，潜心著书，一本《陶庵梦忆》，一本《西湖梦寻》，以娓娓动人的笔调叙述粗茶淡饭里的人间清欢，亲身经历过的万般杂事。最是人间求不得，风餐露宿地跋涉不停，山山水水里兜兜转转，使他成为明末最优秀的散文家之一。金戈铁马里两朝交际，一生难以平顺的他遭遇家国变故始终不肯折节，生活清苦也能自得其乐。曾经贵公子的躯壳中最终住进了一个有趣的灵魂，张岱携着寥寥几百字便神韵皆出的《湖心亭看雪》，从西湖的山山水水里潇洒走来，又云淡风轻地走进街头小巷，遍看市井百态。

和柳宗元凄婉孤寂的贬谪情怀大相径庭，他在《陶庵梦忆》中杯酒入衷肠，在《西湖梦寻》里写意风流。桌上一壶清茶，手中一册闲书，抬头细数，云卷云舒，笔墨余香，扑鼻萦绕。读张岱的文字，可以在字里行间感受到，他身处困境，仍然心怀美好；心之所念，则必有铭记。

"人无癖，不可与交，以其无深情也。"人非圣贤，孰能无过？太过完美的人，又怎配与他做知己，同唱高山流水，共饮兰陵美酒？

"枝叶扶疏，漏下月光，碎如残雪。"扶疏的花木，斑驳的月影，浅浅漏下的月光，宛若洒落的片片残雪。明月清风，短歌长亭，西湖白堤，如梦如幻。

"石如滇茶一朵，风雨落之，半入泥土，花瓣棱棱，三四层折，人走其中如蝶入花心，无须不缀也。"以石喻人，借物言志，虽经风雨，芳华不改。小蓬莱的美景里，亦潜藏着他一颗纯净美好的琉璃之心。

人群散去后，天地宁静，一缕凉笛绕尽一弯残月，避世而居的张岱静坐静听，见证过繁华奢靡，也见证过"末世"苍凉，无限的美好与回忆交织，无尽的回味和咀嚼交错，全部都一笑而过。

张岱一直在释然，而柳宗元一直未曾放下，或许孤独就是他一生的宿命。

唐宪宗元和十年，被贬十年的诗人经过一个多月的跋山涉水，雀跃地回到长安。他不知道命运早已收回对他的所有偏爱，像一把漏洞百出的破伞，再一次给予他暴风骤雨般的打击，他以为苦尽甘来，却再一次被朝廷贬去了更远的柳州："十年憔悴到秦京，谁料翻为岭外行。"从前若有东山再起的幻想，那么这一次，所有幻想终于灰飞烟灭。

他站在万山丛中的柳州，这是他人生旅途的终点，再一次回想起从前沿着潇水漫步时写下的这首《江雪》："千山鸟飞绝，万径人踪灭。孤舟蓑笠翁，独钓寒江雪。"命运不可逆转，或许可以让文字的光芒和力量抚平生活的褶皱，给予他温暖的回响。

润物细无声

且借人间二两墨，染山染水染春秋。

在四季流转里闲庭信步，在春夏秋冬里顾盼生姿，为"小荷才露尖尖角"的玲珑别致欣喜，为"霜叶红于二月花"的绚丽夺目惊叹，为"千树万树梨花开"的银装素裹震撼。而那场杨柳春风里落笔于成都西郊浣花溪畔"随风潜入夜，润物细无声"的杏花微雨，也在我无助迷茫的时候，给予过我澎湃的力量。

在诗山词海里徜徉，爱过李太白的千金散尽，爱过李后主的一江春水，也爱过柳永的晓风残月，唯独不曾真正喜欢杜甫的诗。人生本来就已经万般皆苦，唯有自度，于是总爱在诗词歌赋里翻来覆去，寻找可以让我遇山开山、遇水架桥的勇气。而杜甫的诗歌有太多悲苦，既没有闲情雅趣，也从来不气象恢宏，没有缠绵悱恻，也极少悠然自得。像他的"三吏""三别"，像他的《茅屋为秋风所破歌》，那些沉郁顿挫，那些悲天悯人，那些忧国忧民，每一样都太过沉重，水草一样缠住本就在酸甜苦辣里沉浮的我，每读一次都痛得几乎不能呼吸。

工作以后，在语文课本里不经意再次邂逅了这一首杜甫的《春夜喜雨》："好雨知时节，当春乃发生。随风潜入夜，润物细无声。野径云俱黑，江船火独明。晓看红湿处，花重锦官城。"初芽新探，万物萌发，像细细的丝，像柔软的毛，小雨无声无息，在暗夜里密密匝匝地随风而至，默不作声地滋润着世间万物，悄悄播种下希望，只是耕耘，不问收获。黑沉沉的云无边无际，像一头贪吃的饕餮，一口就能吞噬天地。酣睡的夜里，万物蛰伏，山岳静默，唯独漏下了江船上那一点跃动的渔火，摄人心魄得醒目。天光终于透亮，他站在草堂的篱笆墙外，身后是亲手种下的菜畦，碧绿喜人，远眺是锦官城内繁花点点，春色无边。

细嚼慢咽、慢条斯理地品读，才发现他其实一直都是那个最了不起的自己。在他的世界里，没有繁花似锦，却有四季冷暖，人间烟火气息浓烈得化都化不开。流离转徙也好，身处陋室也罢，他像一棵生长在悬崖边上的苍松，努力汲取着阳光雨露，深深地扎根，奋勇地向上，而他一直都在平凡的日子里努力地生活，顽强地生长，默默无闻又蓬勃向上，身处逆境却不屈不挠。

杜甫的祖父是"文章四友"之一的杜审言，百年世家，书香门第。他并非生来老成，也曾年少轻狂，读书游历，作诗会友，生活得无拘无束。像芸芸众生一样，他也会为四时美景欣喜，也会为壮丽江山折腰。二十四岁，他第一次科举落第，些许沮丧才刚聚起就散，来日方长，他还有大把的光阴可以挥霍。他一笑而过，转身奔赴心心念念的齐赵之地游历。第一次登临泰山，他风尘仆仆而来，站在岱庙外的小丘上忍不住一睹为快：

夕阳映着山峦，山峰隐现流岚，苍松巨石铺天盖地，蜿蜒山径直上九霄，五岳之首在他的眼前巍巍而立，气象万千，磅礴在红尘之外，高耸入云。意气风发之下他豪情万丈，一气呵成写下了这首脍炙人口的《望岳》："岱宗夫如何？齐鲁青未了。造化钟神秀，阴阳割昏晓。荡胸生曾云，决眦入归鸟。会当凌绝顶，一览众山小。"盛唐无与伦比的气象，或许也曾像一颗花的种子孕育在他的心底，可惜世事变幻太快，它来不及破土，更未曾盛开。错过了，便是一生。

像太阳和月亮的诗意相逢，像彗星和地球的激烈碰撞，三十二岁，他在东都洛阳遇到了生命中最重要的那个人——诗仙李白。那一年，四十四岁的李白早已名满天下，因被奸佞群小谗毁，被玄宗赐金放还，无情地将他逐出长安。相差十一岁的两个人都已人到中年却又襟袍未开，杜甫折服于李白的风姿才华和夺目光彩，化身"迷弟"对他深深拜服："醉眠秋共被，携手日同行。"他们谈天谈地，漫游山水，饮酒作诗，好不快活。两个人一生仅有的三次会面铸就的这段忘年之交，在杜甫的心中重逾泰山，一生未曾忘怀。《赠李白》《冬日有怀李白》《春日忆李白》《梦李白二首》……现存一千四百余首杜诗中，牵挂李白的就占了将近二十首，机缘巧合见过的这一面，杜甫的心里就种下了对他一生的思念。

可对好友遍天下的李白而言，杜甫或许只是广阔大海中的一朵浪花、浩渺宇宙中的一颗星星，除了杜甫，他也写诗赠送过汪伦："桃花潭水深千尺，不及汪伦送我情。"他也深情表白过孟浩然："吾爱孟夫子，风流天下闻。"他还一度为王昌龄忧思满怀："我寄愁心与明月，随风直到夜郎西。"高适、贺知章、元丹丘、王昌龄、晁衡……他的好友太多太多，杜甫只是他无限长的好友名单中的一个，并不特殊，也不会让他时时惦记。而杜甫心里却始终只有他一个，那个给予他美好回忆的李白。

四十五岁，客居长安十年，他在四处碰壁后无所事事，好不容易成了太子属官，刚想回家报喜，却惊闻小儿子因为家中无粮而生生饿死。白发人送黑发人，他悲怆写下"朱门酒肉臭，路有冻死骨"的千古名句。生活举步维艰，他在迷茫中驻足举目，人已彷徨，却不知前路何方，归途何处。安史之乱突如其来，叛军所向披靡，山河瞬间倾覆，唐玄宗带着队伍仓皇西逃，肃宗临危受命，他满怀热血投奔，却不慎被俘，幸运的是他官职太小，叛军甚至不屑将他囚禁。这一年暮春，战乱之后的长安满目疮痍，生机全无，昔日的大唐盛景只剩下如今的残垣断壁，触景生情的他忧思难抑，眼含热泪写下了《春望》："国破山河在，城春草木深。感时花溅泪，恨别鸟惊心。烽火连三月，家书抵万金。白头搔更短，浑欲不胜簪。"

他从杂草丛生的破城墙下艰难逃离长安，终于在凤翔见到了同样衣衫褴褛的唐肃宗。东宫旧属归附，肃宗激动之余，毫不吝啬地给了他左拾遗的官职。这一刻所有的苦难仿佛都是值得的，杜甫得到了人生第一个正式的官职。然而过刚者易折，善柔者不败，他有多么正直，之后的每一天肃宗对他就有多么厌恶，得来不易的官职，他只兢兢业业地干了一年，就因为替宰相房琯求情而被肃宗贬至华州。极负盛名的"三吏""三别"，正是他在任华州司功参军期间所写。《新安吏》《石壕吏》《潼关吏》《新婚别》《无家别》《垂老别》，那些血淋淋的现实，那些无能为力的痛苦，那些满目疮痍，那些战火硝烟，赤裸裸地铺陈在我们眼前，每一首每一句，轻易就能令人落泪。

四十八岁，他结束一路流亡飘零，在友人的帮助下艰难落脚成都。在成都西郊的浣花溪畔修建了草堂居住，竹篱茅舍，炊烟人间，或许简陋，或许仓促，但他却在这里平静度过了五年的清苦生活。"清江一曲抱村流，长夏江村事事幽。自去自来堂上燕，相亲相近水中鸥。老妻画纸为棋局，稚子敲针作钓钩。但有故人供禄米，微躯此外更何求？"美丽的浣花溪，溪水潺潺，欢快地绕过宁静的村庄，几只燕子斜斜掠过水面，水中的白鸥互相依偎，回头看妻子和小儿环绕身边，朋友们不时给他钱米救济。这一生他过得实在太苦太苦，余生如此，他已万般知足，别无奢求。

他的一生，上苍总是这样薄待他，他却从来没有放弃过努力，也没有改变过他忧国忧民的心性，不曾意志消沉，更没有萎靡不振。或许天将降大任于是人也，必先苦其心志，劳其筋骨，饿其体肤，让他看遍世间百态，尝尽人生百味，才能修炼成这天上人间千百年来唯一的一个"诗圣"。才德全尽谓之圣人，他是人间至美至善，才配得上这一个"圣"字。

"随风潜入夜，润物细无声。"人间安暖又逢春，愿这绵绵的无声春雨，涤尽所有的旧时尘埃。这人世间终将如他所愿，美好如约而至，万物焕发新生。

盛世欢歌如此，杜甫，足以心安。

卷三·润物细无声

145

旧时王谢堂前燕

清风出怀袖，明月入秦淮。

火树银花，繁星如昼，以暮色为伴，邂逅人间最美灯火，南京夫子庙在流光溢彩的黑夜里，被赋予了不同于白天的澎湃生命力，各色光影交织里，熙来攘往的游客挨挨挤挤，人声鼎沸的街道、河岸、店铺，处处都是热闹，处处都是喧嚣。满船清梦压星河，桨声灯影里的秦淮河被装点得美轮美奂，往事如烟，历历在目，它悠悠然向前流淌，娓娓诉说着秦淮河畔一个又一个惊心动魄的故事。夫子庙、江南贡院、中国科举博物馆……那些厚重的历史撞进繁华的夜，那些辉煌的文明穿越时光的隧道，带着岁月的沉淀汹涌而来，闪烁着历史长河中最为耀眼的光芒。

一条三百五十米长的小巷子，就这样静静地隐在夫子庙南侧的秦淮河畔，白墙黛瓦掩映在丛丛翠竹之内，青石板路蜿蜒进江南烟雨之中。这就是源远流长，可追溯到乱世三国，距今已经有一千七百多年历史的乌衣巷。

信步夫子庙，跨过文德桥，向南徐行五十米，铁画银钩的"乌衣巷"三个大字猝不及防跌进眼底。头枕着吴侬软语，轻烟袅袅几许，梦回翠竹万竿、雨打芭蕉的江南，一千七百年来，时光留下的斑驳痕迹沉淀在脚下的青石板上，岁月风吹雨打在这条中国历史最悠久的小巷内，巷口的古井、飞起的檐角、夕阳的剪影，无不低语着光辉岁月里那些可歌可泣的故事，惊艳着过去，也惊艳着现在。脚步一深一浅，时光一快一慢，小小的巷子在光影明灭里一点点消失在身后，一草一木、一屋一瓦，清晰呈现在眼前，每一道阳光的缝隙都值得我流连忘返。

　　巷尾的出口，墙壁上的半亭内镌刻着毛主席手书的唐代刘禹锡的《乌衣巷》："朱雀桥边野草花，乌衣巷口夕阳斜。旧时王谢堂前燕，飞入寻常百姓家。"野草丛丛，野花点点，斜晖脉脉，落在檐头铁马，落在中庭荒草，昔日车水马龙的朱雀桥，早已满目荒凉，从前世家大族居住的乌衣巷，也只剩下了断壁残垣。世家的繁盛与没落，像月圆了又缺，日升了又落，潮起了又退，在无数人的叹息里起起落落。世事那样无常，富贵转眼成尘埃，等不到来日方长。诗歌大彻大悟，书法豪放飘逸，镌刻在这乌衣巷口，那样相得益彰，那样浑然天成。

　　历史总是青睐有准备的人，旧时王谢，站在权力巅峰的六朝望族琅琊王氏与陈郡谢氏，在晋永嘉之乱后，索性从北方一路南迁至金陵，居住在三国时期东吴的乌衣营旧址。如在素白的宣纸上走墨，提笔勾勒出浓墨重彩的风景，那些在历史书页上熠熠生辉的风流人物，像繁星点点照亮乌衣巷的夜空，给世间留下了无数瑰丽的印记。叱咤风云的他们从乌衣巷走出，身影渐渐清晰：东晋中兴第一功臣，历经三朝而保东晋江山不失的社稷之臣王导；秦晋淝水之战的东晋总指挥，力挽狂澜于危难的"江左风流宰相"谢安。权倾朝野的王导、谢安及他们的后世子孙，不仅功勋彪炳史册，论文采风流也从来没有半分逊色。鼎鼎大名的书圣王羲之也是出自琅琊王氏，遥想永和九年（353）的那个春天，意气风发的豪族子弟和当世名流数十人齐聚在绍兴兰亭，习习和风吹拂，落英缤纷而下，曲水流觞，无限快意，他们乘兴赋诗，汇编成集，酒正半酣的王羲之畅意挥毫，冠绝古今的《兰亭集序》就在这钟灵毓秀的清流激湍之畔一气呵成，成为他的巅峰之作。天下第一行书的名头那样响亮，盛名一千多年不衰。山水诗派鼻祖谢灵运，他的姑奶奶是咏出"未若柳絮因风起"的东晋第一才女谢道韫。得天道眷顾的宠儿，生来芝兰玉树，譬如朗月入怀、清风盈袖，当之无愧的公子世无双。他曾自叹："天下才共有一石，子建独得八斗，我得一斗，天下共分一斗。"才高八斗的青年才俊，十八岁还是"少年不识愁滋味"，出身士族的他顺风顺水地袭承祖父谢玄康乐公的爵位。他爱寄情山水，也爱落拓不羁，山水慰藉了他的心灵，也激发了他层出不穷的创作灵感。他的山水诗清丽灵动，如初生芙蓉，自然可爱。他病后登楼远眺，写下惊艳千古的"池塘生春草，园柳变鸣禽"。草木欣欣，池水涓涓，杨柳依依，鸣禽声声，令人心旷神怡的春景拨动了他的心弦，也同样撬动着千年后我的心扉。

六朝金粉地，十里秦淮河，乌衣巷在历史的天空里被涂抹上了最绚丽的色彩，然而江水不息，青山常在，王、谢两家应时而起，也应势而衰，煊赫过数百年的世家盛极而衰，徐徐落幕于历史舞台。公元 589 年，隋朝势不可当，灭掉了陈国，三百年乱世一朝终结，金陵城破之日，六朝宫阙随之焚毁。繁华旧梦里的王谢世家，早已笙歌散尽，昔日的富丽堂皇只剩下断壁残垣。

"旧时王谢堂前燕，飞入寻常百姓家。"回头看，轻舟已过万重山，那些曾经难以逾越的煊赫，如今都化作了身后的风景，供人在书页上凭吊。李白乘着酒兴潇洒而来，登临凤凰台，远眺白鹭洲，他写下气势夺人的诗句："吴宫花草埋幽径，晋代衣冠成古丘。"杜牧步履沉沉地来了，华灯初上的秦淮河烟雾缭绕，弦歌声声传来，不绝于耳，他不由痛心疾首："商女不知亡国恨，隔江犹唱后庭花。"历史翻开了新的书页，寂寞过数百年时光的乌衣巷终于在大唐，等来了令它再度大放光彩的刘禹锡："朱雀桥边野草花，乌衣巷口夕阳斜。旧时王谢堂前燕，飞入寻常百姓家。"曲终人散皆是梦，繁华落尽终是空。朝代更迭，山河巨变，星光熠熠的乌衣巷，最终归于历史的尘土，烟消云散，安静而疲倦地睡去。

历史的盛衰那样无常，个人的沉浮又何必记挂心上？纵有疾风起，人生不言弃的刘禹锡，看尽世间百态，依旧豪情万丈，哪怕一贬再贬，初心始终不改，沉浮半生，他心中自有山川湖海，清风明月，气象万千。刘禹锡一直都是当初那个雁塔题名时光风霁月的少年郎，无论贬谪多远，无论颠沛坎坷，内心从来没有改变过。

出身寒微却能少年登科，腹有锦绣胸藏乾坤，小小年纪，立志中兴大唐，前半生顺风顺水，科举登第又考上博学宏词科，之后高中吏部取士科，三年之间，科场三捷，春风得意，一路升迁，是连皇帝都对他青眼有加的青年才俊。然而永贞革新的失败带给他二十三年的贬谪生涯，从三十五岁到五十八岁，从盛年到老年，一贬几乎就是半生。人生漫漫，逆旅无常，他阅遍千山，踏过万水，将一腔热血半世芳华全都寄给了诗酒，无愧他诗豪之名，身处江湖之远，却从未消磨掉他的壮志雄心。

五十三岁，当年的翩翩少年早已过了知天命之年。这一年他被贬安徽和州。见风使舵的知县一而再、再而三地故意刁难，将他的住所从城南临江之处迁至县城中部的拥挤小院，进门的台阶上爬满密密的青苔，仅有的一间斗室只能容下一床、一桌、一椅。他并没有怒气冲冲，也没有怨天尤人，生性豁达的他反手写下了至今家喻户晓的《陋室铭》："山不在高，有仙则名。水不在深，有龙则灵。斯是陋室，惟吾德馨。"黔驴技穷的知县无论如何也料想不到，世上竟有像他这样安贫乐道、豁达乐观的人。或许，只有如他这般超然物外的洒脱，才会拥有在逆境中自得其乐的从容和破浪前行的孤勇。

四年后，他被罢和州刺史，应召返回东都洛阳，途经南京之时，有感而发写下了一组《金陵五题》，其中之一就是这首感慨人世间沧海桑田的怀古名篇《乌衣巷》。天际一抹嫣红，流岚薄云卷起又散，烟水明媚的秦淮河往事如烟般流淌着，微冷斜阳残照着荒芜巷陌，六朝梦醒，金粉成烬，历史的波澜壮阔镌刻在时间的长河里，也鲜活跃动在他的心上。

晚风斜阳，树影婆娑，余晖脉脉的乌衣巷口，来来往往的游人络绎不绝，片刻的驻足流连之后，转眼褪成暮色下的背景。

曲终人散，午夜梦回，那些旧人、旧事、旧时光，或许已经发黄，回忆起来却依旧滚烫。

卷四

爆竹声中一岁除

聊将锦瑟记流年

悠然见南山

江南忆，最忆是杭州

苏州好，城里半园亭

海上明月共潮生

近水遥山皆有情

诗风细雨话茶香

爆竹声中一岁除

"爆竹声中一岁除，春风送暖入屠苏。千门万户曈曈日，总把新桃换旧符。"蓓蕾新绽，细芽初吐，杨柳风轻柔和暖，亲昵拂过发梢。穿着新衣的一家人团团围坐，开怀畅饮，伴着这应节的屠苏酒，欢声笑语散落一地，合家团圆幸福难掩。窗外，噼里啪啦的爆竹响过半夜，入春后生机勃勃，天地焕然一新，人间喜气洋洋，温暖光明的景象在他的笔下如火如荼，令人倍感振奋，这就是北宋政治家王安石《元日》中万象更新的年。

儿时最盼过年，新衣、美食、压岁钱、联欢会……记忆里过新年是最幸福的源泉，长大后浮现脑海，依旧鲜活。

腊月二十四，掸尘扫房子。记忆中，我的新年是在奶奶威风凛凛的扫尘中热热闹闹地拉开帷幕的。雄姿英发的奶奶举着足有三四米长的竹竿，竹竿尽头绑着一个瓶胆粗的稻草垛子，她像一个所向披靡的女将军，神情肃穆，目光庄严，腾挪之间，尽情挥舞，所到之处，烟尘俱灭。年幼的姐姐和我扎着羊角辫，穿着花棉袄，崇拜地仰着头，望着那杆"长枪"如蛟蛇入海、苍龙穿云，满眼俱是艳羡。阳光如碎金，从窗户里慷慨落进，数不清的浮尘翻飞在道道明光之中，无声舞动，唱响年的序曲。

　　腊月二十九，开始做年食。天光尚未明亮，老当益壮的奶奶就已经起身忙碌：筛粉、和面、剁肉、调馅……五花八门的食材琳琅满目地铺陈了一桌，美味在指间翻飞，又白又胖的糯米团子，平湖人管它叫圆团——团团圆圆，吉祥喜庆，一眨眼摆满一笼。它们有的裹进香甜的豆沙，有的塞着喷香的猪肉，有的包着水灵的青菜，足足有我的一个拳头大小，或蒸或煎或煮……袅袅炊烟从土灶间徐徐升起，热腾腾氤氲一室，红红的火光映着坐在烧火凳上取暖的我，圆润的小脸白里透红，像挂在檐角的那盏喜庆的红灯笼。白胖可爱的圆团翻滚在咕咕唱着欢歌的汤水中，若隐若现，香喷喷、软绵绵，让人垂涎欲滴。眼巴巴盼着圆团出锅的两姐妹，迫不及待地端上一碗，夹起一个，咬上一口，或软糯甜香，或咸美多汁，热气和着香气，从鼻尖悄然钻入，一溜烟滑落肚中，人间至味，莫过于此。

　　米饭煮成糨糊，笔尖落下福气，浓郁的墨香散在满屋子的人间烟火气中，散出丝丝缕缕年的味道。父亲带着蹦跳的我们，未及黄昏就已关紧两扇大门，说笑间端端正正地贴上福字和对联。年夜饭早早摆满八仙桌：浓油赤酱的酱油鸡蛋、刮油解腻的老参烧肉、薄嫩筋道的白切羊肉、热气翻腾的暖锅……家里的灯开得亮堂，明亮而温暖，饭桌上觥筹交错，咀嚼间谈笑风生，大人孩子热热闹闹地聚了一室。而我的心早早飞出饭桌，盼着、守着，等待一年一度春晚的开始。从赵忠祥到朱军，从朱时茂到小沈阳，从赵丽蓉到开心麻花……花落花开，春去秋来，熟悉的脸来了又去，深情的歌唱了又唱，不变的是纯真岁月里每一年这一夜留下的欢声笑语、团圆幸福。夜半，困倦的我打着哈欠恋恋不舍地睡去，斑斓的梦里绽放了一夜璀璨的烟花。枕畔，不知何时被塞进的压岁包露出艳红的一角，等待着梦醒时的我兴高采烈地翻找。

年初二晨起照例吃素，这是一年中家里最热闹的一天，也是三个姑姑带着丈夫、孩子回娘家的日子。白糖水待客，甜甜蜜蜜。小孩将压岁钱收下，欢欣雀跃。看着重播的晚会，随意地聊着天，瓜子壳落满一地，却无人去扫——不动扫帚是这一天里不能打破的习俗。兄弟姐妹们你追我赶，在犄角旮旯里尽情编织着童年欢快的梦，吃吃喝喝，玩玩闹闹，酣畅淋漓，好不痛快。

年就在吃吃逛逛、走走亲戚、喝喝喜酒中悄然而过，转眼到了正月十五。黄昏已至，灯火通明，爹爹高举着一把燃烧着的稻草，跳动的火苗上下跳跃，在暗黑的天幕里如星辰般明亮。他雄赳赳、气昂昂巡视过自家田间，走过田埂小路，踩过纵横阡陌，嘴里似有似无地哼着民间小调，依稀听得是"自家田里长金子"一类的民间歌谣。远远近近，火光星星点点，如繁星璀璨，零散在各家的田间地头，朴实的农民在这一夜祈愿着新的一年五谷丰登，稻香如花。

夜深了，火把一点点熄灭，漆黑的夜重归于往日的静，热热闹闹了大半月的年也在火把明灭里画上圆满的句号。

童年的记忆湮没在时间的流洪里，生活的匆忙容易让自己错过很多散落人间的温暖烟火，唯有年的热闹、年的味道一直清晰地留存在我记忆的转角。我的新年在极致的热闹过后重归于生活的平静，而王安石的年味儿却始终在继续，始终充满希冀。

"千门万户曈曈日，总把新桃换旧符。"日出有念，日落有盼，心有所期，忙而不茫，才是他心中期盼的人间乐事。群狼环伺的大宋，大辽、西夏虎视眈眈，高坐龙椅的神宗执着于恢复疆土，创建一番帝王伟业，与他一拍即合的王安石则渴望国富民强，改变积弱积贫的国家现状。利用与被利用也好，成就与被成就也罢，江山如此多娇，君臣竞相折腰，改天换地，振兴大宋成了他们编织了一生的美丽梦想。彼时，年轻的帝王刚刚即位，雄心万丈，渴望指点江山，恢复旧时疆土，成为功载史册的千古一帝；蹉跎半生的他刚刚拜相，胸有丘壑，腹有乾坤，心心念念着要改变国家积贫积弱的现状。干劲十足的君臣二人抱团取暖，在饱受非议中开始轰轰烈烈的变法。"普天之下莫非王土，率土之滨莫非王臣"，可是八条新法一推行，反对的声浪排山倒海而来。幼时以"砸缸智慧"被盛赞千年，荣登"别人家的孩子"榜首，长大后主持编撰中国第一部编年体通史《资治通鉴》的史学家兼文学家司马光；以文章负一代盛名，名列"唐宋八大家"和"千古文章四大家"的大文豪欧阳修；词开豪放一派，诗词文书画兼擅的北宋中期文坛领袖苏轼……他们每一个都是北宋文学史上无可匹敌的存在，在历史的扉页上抒写着自己浓墨重彩的一笔，然而命运使然，偏偏他们都站在了王安石的对立面，不停地反对他、攻击他，打败或者被打败，不死不休。

从新政到党争，从擢升到贬谪，无论是新党还是旧党，无论是王安石还是苏轼，谁都不能在历史的齿轮中独善其身。他们都不是单纯的坏人，他们和苏轼也有过短暂温馨的金陵之会，是英雄识英雄，政见不同的他们除了针锋相对，也曾惺惺相惜。他盛赞这个文坛后起之秀是人中之龙，并将他的"如人善博，日胜日负"改一字为"如人善博，日胜日贫"，而苏轼听后拊掌大笑，认为王安石妙笔修改，堪称一字之师，于是欣然采纳。此时，他已罢相四年，而他也一直在贬谪的路上。

他是让政敌苏东坡也愿意比邻而居的勇者，他激流勇进，也急流勇退，罕有其匹，让人动容。对这个国家，他认定是正确的，就坚持去做，从来无所畏惧。从拜相到罢相，从官复原职到再度罢相，他在跌跌撞撞里披荆斩棘，在磕磕绊绊里跌倒又爬起。宋神宗从即位到驾崩不过短短十八年，人亡政息，昙花一现的新政推行不过十六年，便被历史盖棺论定，从此尘归尘，土归土，山水不再相逢，他执念了一生的变法终究以失败告终。

胸中有丘壑，眼里存山河，行到水穷处，坐看云起时，那一年的春节，家家户户忙忙碌碌，一元复始，万象更新，对新法，对未来，对这个春天同样充满无限憧憬的他，向大宋官场发出了这个时代最强的声音："爆竹声中一岁除，春风送暖入屠苏。千门万户曈曈日，总把新桃换旧符。""居庙堂之高则忧其民，处江湖之远则忧其君"，俯瞰众生，历览山河，他想要的是以一己之力解大宋的燃眉之急，他愿为天地立心，为生民立命，愿他生活的大宋处处繁花似锦。

他是这样想的，也是这样做的。

山河变幻，王朝覆灭了又兴，从他"爆竹声中一岁除"的沧海桑田到属于我的平凡热闹、充满人间烟火的年，愿他英魂犹在，看如今九万里山河如画，盛世欢歌，人间值得。

聊将锦瑟记流年

从此音尘各悄然，春山如黛草如烟。

泪添吴苑三更雨，恨惹邮亭一夜眠。

讵有青鸟缄别句，聊将锦瑟记流年。

他时脱便微之过，百转千回只自怜。

——清·黄景仁《感旧四首·其四》

浮生漫漫，且歌且寻，且行且珍惜。春风半两，桃花数点，心绪二一，黄景仁全付了流年。

时光遇酒，和风入梦，春山如青青眉黛，芳草细密如烟，三更雨声，频频入耳，一夜摧折，繁花凋残，醒来已是落红一地。无尽的相思连同怅惘的恋情被他一同刻进漫长的流年，如同他在《绮怀》里所有的低吟："缠绵思尽抽残茧，宛转心伤剥后蕉。"每一缕光阴里都是缠绵的思绪，每一个时间的转角都是缱绻的心事。

从《诗经》《楚辞》一路走来，穿越唐诗、宋词、元曲直至明清，从欲说还休的"山有木兮木有枝，心悦君兮君不知"

到掷地有声的"愿得一心人，白头不相离"，再到缠绵悱恻的"郎君着意翻覆看，横也丝来竖也丝"，千百年来，爱情一直是诗词歌赋里不可替代的巫山沧海，是男欢女爱里刻进骨髓的相思成灾，然而随着新的文学样式的崛起，它们剪不断理还乱的缠绵诗篇似乎也写到了江河的尽头。而黄景仁在这个诗词歌赋不再受追捧的年代，以细腻的笔触在小说的世界里杀将出来，写出了丝毫不比前人逊色的缠绵诗篇。

谁也不能否认，他是继李商隐之后清朝诗坛上最优秀的爱情诗人，最浪漫唯美的相遇，最痴心不改的等待，最遥不可及的想念，爱情最令人念念不忘的情态，在他的笔下娓娓道来。他的《感旧》和《绮怀》也为中国的爱情诗篇增添了一抹最清澈的深情和最亮丽的色彩。

"讵有青鸟缄别句，聊将锦瑟记流年。"青梅竹马，两小无猜，她是他曾经藏在微风里的无尽喜欢，星河滚烫，灯火璀璨，他与她月下缠绵，共度流年。可惜匆匆一别之后，这一生两个人再没有相见的机缘。生活破破烂烂，没有人给他缝缝补补，他一事无成，又穷困潦倒，眼睁睁看着她被迫嫁给他人。造化这样弄人，他除了怅恨不已，根本无能为力。他来人间一趟，却错过了最爱的那个她，从此他的世界里充满了挥之不去的遗憾。他太伤感，生活像一把匕首，刺痛他余生每一个辗转反侧的夜，也刺痛他内心最柔软的方寸之地，从此念念不忘。

人生最难忘怀的是初遇，一见倾心，最难忘情，只剩回忆。那是两百多年前，黄景仁笔下充满遗憾的似水流年。

红尘的渡口，他始终徘徊，邂逅的故事，渐行渐远，或许世间本就不那么完美，或许遗憾才是人生的常态。暮辞尔尔，烟火年年，光阴同样跌进我的流年。我的流年，也从遗憾开始，半生流连，繁华尽览，喜怒哀乐皆尝遍，辗转直到今天，在时光里叹惋，在流年里惊艳。

那一年，流年明媚，我刚大四。杏花微雨里签下的工作单位，因为种种原因，最终遗憾落幕，不太愉快地分道扬镳后，各奔前程。收拾好忐忑、焦虑、懊恼与气愤，火车载着少年意气的我，来到杭州这座城市重启征途。

斜风细雨迷离过四月的烟柳江南，潮湿的空气里弥漫着栀子花的清香。杨柳风吹起早点摊上蒸腾而起的人间烟火气，杏花雨星星点点，亲吻过每一寸深情的春泥。行人三三两两，或悠悠然走过，或急匆匆而去，雨幕里开出各色的伞花，给这阴冷潮湿的早春添了几笔缤纷的色彩。我坐在车站附近小商店里的一张板凳上，一边啃着店里新买的面包，一边在脑子里过着等会儿的面试流程。热情的老板看了一眼缩在角落里瑟瑟发抖的我，递过来一杯热气腾腾的开水。温暖的触觉，像红泥火炉，围炉夜话，在这个细雨微凉的清早，从每一个毛孔里抵挡不住地钻进来，从指尖流淌进心底。那是雾蒙蒙、雨霏霏的烟雨杭州，给予我最初的印象：初寒、微甜且充满人情味。

面试异常顺利，午饭后出得校门，已是雨后初晴，日色微明。天光云影笼罩下的校园静得像一幅无声流淌的水墨画。半新不旧的楼房，五六层的楼算不得高，一幢挨着一幢，错落排列，贴着象牙白瓷砖的外墙，触感微凉，长长的走廊空旷，偌大的教室静谧，偶尔有读书声琅琅响起，清脆嘹亮，入耳舒畅。树木高高壮壮，皆是枝叶繁茂的模样，绿得肆无忌惮，也绿得心满意足。晶莹的水滴在叶片上来回滚动，忽然落地，碎了一地珠玉，湿了一片绿茵。这些不经意的遇见，如蜻蜓点水、蝴蝶振翅，一切那么美好。

校门口正对着的是城中村，幢幢房屋一字儿排开，水果摊、小食摊、杂货铺、小饭馆鳞次栉比，铺陈得热热闹闹，人头攒动，进进出出，吆喝声此起彼伏，脚步声起了又落，那时便觉得，这样的市井喧嚣，一定是凡尘俗世里最最人声鼎沸的人间四月天了。

不过两三百米的一条小路，那一年尚且清寂，还无店铺。更没有十数年后，那种路两旁停满各色汽车，行人需要从汽车缝隙中穿行而过，早已无处下脚的繁华。围墙内人声寂寂，静得像是穿越到了月色溶溶、星光脉脉的夜里，花枝悄悄探过墙头，怯生生地露着可人的小脸。青石板泛着水光，延伸进林荫尽头，靴声橐橐而起，一步步踩下去，青石板依偎着的缝隙里偶尔就会有小小的水花不经意溅起又落下，亲吻在鞋面上，糊了一鞋面调皮的泥泞。

走到公交车站，等待着回家的公交车驶来。那时高架还没有建成，路上车流缓慢，视线一马平川，视野极远。身后和马路对面是偌大的蔬菜批发市场，一个一个巨大的棚子肩挨着肩地并排立着。穿着朴素的"马大嫂"们行色匆匆地与我擦肩而过，两手空空地进去，又拎着一大袋一大袋沉甸甸的东西出来，脸上那种满足到眉目舒展的神色，竟让我一瞬间穿越时光，似乎触到了她们内心的岁月静好、现世安稳。车铃声响起，从愣怔中回神的我急忙侧身避让，推着自行车的老阿姨步履徐徐，后座上用麻绳固定捆扎着一个鼓鼓囊囊的大麻袋，看得出这一趟收获颇丰。隐隐约约的声音从她和同伴的谈话中断断续续地飘过来："从城西哐当哐当骑车过来……每周都要来一趟……这么多……邻居们托付我的呀……楼上小张一斤萝卜、两斤青菜……隔壁老李一袋毛豆……大白菜……比菜场便宜一半啊……"声音渐行渐低，最终消失在人海里。

许多年以后，我成家立业，亲掌柴米油盐、锅碗瓢盆，辗转在菜场和厨房之间，精打细算着一日三餐。那时方懂，当年印象深刻的这一幕，这一车、一袋、一人，一天天来来去去，风雨无阻，在他们生活中所占的分量是那样重，欢而喜之。穿越大半个城市的距离，从各个城区乐陶陶地汇聚而来，拎着蔬菜、生鲜、水果满载而归，于万家灯火中飘出一个城市的炊烟袅袅。

往后余生漫漫，那时候并不知道，我会在这个城市的一隅驻足流连半生。白驹过隙，白云苍狗，十几年光阴，转瞬已成流年。

眼见它起高架，眼见它修大道，眼见它高楼拔起，眼见它商城新立，眼见它一天天日新月异，眼见它一日日旧貌换新颜。在惊叹中惶恐，在惶恐中欢喜，在欢喜中与它一起奋进，时光跌进眼底，风华舒展眉梢，那是这个新的时代，属于这钱塘江畔一隅特有的天翻地覆。

当年求职的学校，已经从我刚入职时的一个年级四个班级，逐渐扩充到一个年级十二个班级，云起雷鸣，蓬勃向上。它的老校区早已容纳不了这般涌入的激流，于是与它呈三角形分布的三个新校区应运而生，新校区很快充满了孩童天真无忧的欢笑。初时还能认识上下楼层各个办公室里的每一位同事，叫得出他们的名字，分得清他们的面容，闲时饮茶，空时谈天。不知何年何月，偌大的会议室里两三百个同事济济一堂，望过去乌泱泱一片，过半的脸上洋溢着青春的朝气，白炽灯光打下来，落在他们的脸庞上，像在他们细细的茸毛上镀着一层灿灿的明光。那时他们眼里的星辰，遮不住地落在前方的投影屏幕上，沉浸又努力的模样，那样熟悉却又分外陌生。

校门口的城中村依旧盘踞在那里，热闹胜于往昔，繁华更胜从前。沿街的店铺关了又开，几经淘汰又攒足了劲儿地雄起。水果店换成了潮粥记，小饭店更名烩面馆……岁月从不薄待，沉沉浮浮皆成了常态。唯有做鸡蛋灌饼的早点摊十数年如一日地雄踞在那里，那缕我已熟悉到骨髓的味道，无论风雨节假，无论我停留或者擦肩而过，它都安静地等待在那里。唯一的改变，便是与时俱进地使用起二维码支付，醒目的绿、蓝两色，让这个方寸小摊平添了几分时髦的娇色。

门口的小路几经修整，平坦地踏在脚下，热闹铺陈两侧。绿树浓荫里车来人往，密密匝匝的店铺里商品琳琅满目，不时有顾客驻足流连。当年大得异常醒目的蔬菜批发市场早已在沧海桑田中深藏身与名，兢兢业业在这里服务过十四个春秋，终于搬去了更远的郊区，轰轰烈烈地画上了圆满的句号。惯有的生活方式被城市的更好发展一夕打破，离别的伤感写在最后一批买菜人的脸上，然而眉眼里更多的是对未来的欣喜和期盼。

那年那时的那个搬空的市场，喧嚣逐渐清冷，热闹倏然重回沉寂，上下班坐在公交车上，明显感觉往日拥挤的车厢都空出了大半，连呼吸都自由悠然了起来。那座镌刻进半城人日常生活的蔬菜批发市场，终于也镌刻进人们心底，成为记忆里不变的白月光与朱砂痣。

取而代之的是一幢商住两用楼宇，热火朝天地在那里建了好几年，像月缺了又圆，潮落了又涨。拔地而起的楼宇，终于在涅槃之后娉娉婷婷地立在那里。玻璃外立面锃亮如镜，楼宇身姿挺拔，扮相时髦，像眉眼精致的少女，含情脉脉地凝望，填进心底，补满缺憾。发展铺就大道，繁华惊艳时光，热闹终究是这座日新月异的城市不变的主旋律。

大马路早已不见从前的破败身影，路面平平整整，钢筋水泥的柱子粗壮结实，高架桥一桥飞架南北，化身城市交通的主动脉，川流不息，躺在夜的怀抱里，像一道道流动的明光划过天际，化成远处的点点繁星。机场路口，早已修得繁花簇簇，处处可见精致，开车或者走路到此处，眼里的光触到那一片绿，便无声地柔软了起来。

风风雨雨十数年，以它为轴心，旋转开启我生活缤纷的万花筒。不同于黄景仁的寂寞凄怆、求而不得，我的生活始于遗憾，终于圆满，那些明媚的、热烈的、灿烂的光阴片段，那是2024年，独属于我的流年。

"讵有青鸟缄别句，聊将锦瑟记流年。"或许不止爱情留有遗憾，黄景仁的似水流年，悲哀和困顿交织并行，穷愁和寂寞结伴为侣，三十五岁正值壮年，却在贫病交加中客死他乡，生活给他戴上了重重的枷锁，却把钥匙丢在了天涯海角，何止遗憾。

四岁而孤，家境清贫，就算是少年成名，也永远不知道下一顿饭在哪里，依旧要为生计不停奔波。他以诗负盛名，被推为"乾隆六十年间第一"，却未曾停下奔波的脚步，歇一歇、看一看这明亮灿烂的人间。

黄景仁是北宋苏门四学士之一黄庭坚的后人，即使无缘生在唐宋，以热爱之名奔赴滚滚诗河，骨血里与生俱来的天赋，又让他与他的时代格格不入。明清小说纵横，他却是诗歌的奇才，平凡却又不平常的他，用两千多首诗词写尽他短短一生的悲欢离合。他不曾在狼烟四起里流离失所，却也有过投笔从戎的慷慨意气："男儿作健向沙场，自爱登台不望乡。"难得读到他为数不多的少年意气。无疾而终的爱情总是刻骨铭心，最美的诗歌读来总令人无端绝望："似此星辰非昨夜，为谁风露立中宵"，如同一场海啸，铺天盖地而来，毁灭一切而去，爱情幻灭的痛苦成就不朽的名篇，背后是无尽的相思和同样的绝望。"十有九人堪白眼，百无一用是书生。"学成文武艺，货与帝王家，作为士子，他没有别的谋生手段，读书人不能科举中第，纵然满腹经纶，却无糊口的本事。这振聋发聩的自嘲，这寂寞凄苦的情怀，令人泪目。

于我而言，流年里有不欢而散的遗憾，也会在生活的磨砺中渐渐趋于圆满，有怦然心动的相遇，也会不吝啬真心实意的陪伴，肆意逍遥才是我人生的主旋律。于他而言，人生不如意事十之八九，剩下的一二不过昙花一现，也只能让他在跌倒了又爬起的时候略微喘息。人生于他有太多太多失望的瞬间，全是悲苦，全是凄凉，他掉在流年的波涛里溺毙，却没有一个人可以将他打捞。生活没有解药，遗恨人间未尝不是他最好的解脱。

愿有来生，他只做人间逍遥客，看陌上花开，听岁月留白，无病无伤，心想事成，流年不苦。

悠然见南山

结庐在人境，而无车马喧。
问君何能尔？心远地自偏。
采菊东篱下，悠然见南山。
山气日夕佳，飞鸟相与还。
此中有真意，欲辨已忘言。

——魏晋·陶渊明《饮酒·其五》

雾气萦绕山峰，倦鸟结伴归巢。篱墙稀疏，茅檐矮小，清菊迎风招摇；半生迷离，时光煮雨，俗世烟火转冷。红尘里打滚过半生，蝇营狗苟，曾为五斗米折过高贵的腰，也曾小心翼翼地服侍过奸佞小人，跌倒在世俗的泥坑里，爬起的时候，觉得自己已经是满身的泥泞。放不下的时候，身后的行囊越来越重，心如倦鸟疲惫，看山望水间终于豁然开朗，不如归园田居，让自己闲来细看云卷云舒，且让天妒。

"少无适俗韵，性本爱丘山。"他生来就是一个热爱自然的人，身在红尘，心心念念的都是山林间的隐居生活。读陶渊明的诗，在"采菊东篱下，悠然见南山"的闲适宁静里回顾他的往昔岁月。"误落尘网中，一去三十年。"逢迎世俗、周旋应酬、钻营取巧，他勉为其难地说服自己做了十三年的官，熬过了难熬的一季又一季，他在矛盾和挣扎里蹉跎了半生，在仕途和隐途之间反复摇摆，直到眼睛里的光芒渐渐熄灭，他终于下定决心摒弃人间繁华，远离尘嚣，感受道法自然里的三餐四季、五味百年。

心里装着落英缤纷的桃花源，痴恋菊花谦逊低调的君子风范，他是五千年文脉里独有的隐逸诗人之宗。万花衰败，萧瑟秋风渐起的时节，他笔下的秋菊一枝独秀，不在夏日里争奇斗艳，却在寒蝉凄切里傲然绽放。雨洗铅华，风卷残荷，千帆过尽，何处归舟？淡然若菊里藏着他的抱负，藏着他的不服，藏着他的品格，更藏着他的气节。

岁月何其漫长，人生逆旅中总有疲惫倦怠的时候，这时候便会想起布衣青衫、东篱采菊的他，想起他笔下袒露生命本真的《饮酒》，渴望着和他一样，寻一座海岛，觅一个山村，过一段箪食瓢饮、陋室茅屋的避世生活，在每一个斜阳西坠、落霞满天的黄昏里，闲适地在廊下小坐。湛蓝如洗的天幕下，有花有茶，有诗有酒。抬望眼，星河灯火，山河如画；低眉处，烦恼皆忘，疲惫俱散。

一如许多年前，那段闲居于嵊泗花鸟岛上短暂的云水时光。

推窗望海，入夜听潮，咸涩的海味浸染着来到岛上放空的我，也浸染着这座岛上每一抹夕阳的余晖、每一棵巷口的古树、每一道安谧的背影。深受东海恩惠的岛民，点着小岛上千年不变的灯火，似乎已饮尽风月、看透繁华，过起日出而作、日落而息的生活，不留恋那些纸醉金迷，也不再惦记曾经的灯红酒绿。

我的目光一寸一寸，流连过沐着晨光，从石块堆垒而起的矮墙里缓步走出的渔民，目送着他们娴熟地踏浪扬帆而去。点点的帆影在天光云影里渐行渐远，渔歌长长短短的调子乘着海浪的翅膀隐隐约约传来，回荡在浩渺的东海之上。远远近近的白色浮子承载着他们的希望，点点散落在海面，泛起粼粼的光。

于是我开始浮想联翩，想象着他们拼尽全力，一网骤起，各种鲜活的生命便开始不停在船舱蹦跳，和着咿咿呀呀的渔歌，奏响噼里啪啦的乐章，那是生活里各种人间烟火至真的味道。归途的号角在落日余晖里渐渐响起，满载而归的渔民们虽然难掩疲惫，眼角眉梢却满满都是被海风浸染的喜悦。海岸上，妻子的面庞渐渐清晰，渔民嘴角的笑容便止不住地绽开来，像开了一院洁白的昙花。随后是生火做饭、串门出行，如月的阴晴圆缺，踏踏实实中有令人心安的圆满。

云霞跑得那样畅快，像随心所欲流动着的美丽画卷，手捧起清茶半盏，看看海，再望望天，繁忙的生活按下了暂停键，也更清晰地看见了一直以来坐在疾驰的列车上看不清的那些沿途风景。伸一个慵懒的腰，心满意足地将自己整个儿缩在摇椅里慢悠悠地晃荡，闻着海水浓浓的咸腥味，再瞭一眼远远近近炊烟里的云帆点点，缓缓归来。极目处，东海那样茫茫，望过去无边无岸，只有说不出的壮阔与深邃。

住在岛上的时候，我早晚都爱散步，慢悠悠地在不大的海岛上转着没有目的的圈圈。每天都会准时路过岛上的军营，这时，嘹亮的军歌与铿锵的军号回荡在花鸟岛的山崖石壁下，令人心安的迷彩色隐匿在山林树木之中。列阵而行的军人，偶尔驶过的军车，从军营上空弥漫开来浓烈的荷尔蒙气息，让神清骨秀的花鸟岛顷刻间被注入了澎湃的活力，那么令人心安。

美丽小巧的海岛，不一会儿便可逛完，最令人流连的是坐拥着一片宁静海湾的爱情坐标民宿，鹅卵石铺就的小径仿佛一直延伸到天的尽头，二楼延伸至海面的宽阔平台默默记录下了无数个绽放在明亮夜空里的海天盛宴。檐角挑起的花篮里的花开得那样恣意放肆，连随处生长的野草藤蔓都临风摇得楚楚动人。礁石边慢慢划过的渔船，场地上随意放置的石凳，墙壁上用心张贴的字条……仿佛都在冥冥中指引着来这里的每一个人，邂逅一份属于自己的宁静。

仿佛沧海遗珠的花鸟岛在刚入夜时，便几乎匿去了所有人烟。静得只剩下了花香虫鸣的岛上，只有矗立在小岛西北角上的远东第一灯塔还在不遗余力地完成着自己百年不变的使命。黑白分明的塔身敦厚沉稳，牛眼灯里透出的卤素灯光炽亮温热。长夜孤灯，却永不知疲倦地照亮着游子回家的路。一代一代的守塔人就这样与灯塔为伍，和夜色为友，日复一日地守望着，守望着……

长夜无声，唯有漫天繁星点点，大海涛声如吟，漫漫时光里，塔依旧，人依旧，岛依旧，没有车马喧嚣，没有诸事纷扰，简简单单做事，认认真真生活。我沉醉于这样简单宁静的小岛生活，脑海中不由再次浮现陶渊明的诗句："结庐在人境，而无车马喧。问君何能尔？心远地自偏。"

他的争或者不争，服或者不服，隔着一千六百多年的金戈铁马、王朝更迭以及是非成败，久远到我早已经无法感同身受，但悠然见南山的真意，在这一岛、一塔、一海之间，我也曾感同身受，和他一样的刻骨铭心。

于群山之巅感悟长风浩荡，自历史长河洞见风云变幻，隐逸安然，自得其乐。无可否认，在中国文学史上响当当存在的陶渊明是古今隐逸诗人之宗，也是田园诗派的鼻祖，更是中国文学史上的传奇人物之一。古往今来，无数读书人前赴后继，寒窗苦读，学而优则仕，满心欢喜地盼望着将自己一身的才华货与帝王天家。但清心寡欲的他，却五次出仕，五次辞官，耗尽全部的力气，只为了过随心所欲的平凡人生。

他沉静少言，不慕名利，他做官不为发财，只为生活，和卑躬屈膝、迎来送往相比，他更喜欢自己动手，丰衣足食，悠然自得、无拘无束。也因此，他对污秽的官场难以忍受，对辞官有着惊人的偏执。于是，他一言不合便辞官，相看两厌便辞官，不愿折腰便辞官。二十九岁，他出任江州祭酒，却因为与上司志趣不同，二话不说就辞官返乡，第一次品尝到了田园生活的自由滋味。之后，大将军桓玄篡位，风雨飘摇的东晋顷刻覆灭，桓玄旋即被刘裕打败，刘裕做过刘牢之的参军，刘牢之又是刘敬宣之父，此起彼伏的动乱和政治斗争中，他辗转在桓玄、刘裕、刘敬宣麾下，每日陷在家国之义、君臣之礼、同僚倾轧之中，心灵饱受折磨，精神受尽摧残。极度厌倦之下，他陷入对仕途和生活的深深反思："倾身营一饱，少许便有余。"他一直在困惑，为什么为了五斗米要这样作践自己？于是回家的念头一直盘旋在他的脑海里。可能是他的名声实在太大，每一次忤逆，朝廷都选择了原谅。四十一岁，他出任彭泽县令，仅仅上任了八十多天，就因为县吏请他换衣服前去拜见郡里派来的督邮，他就以"不为五斗米折腰"为由，解印归隐，彻彻底底地结束了自己的政治生涯。

仿佛迷途知返的快乐，仿佛卸去枷锁的轻松，回去的路上，他像个天真的孩子那样一路欢歌，陶醉在山林的鸟语花香之间。他是彻彻底底地把混沌的官场丢开了，未来的二十多年，官场再也看不见他的身影。他终于远离了政治的旋涡，用真实自由的田园生活洗去了曾经入仕的精神污垢。从此，风云变幻的庙堂少了一个不愿摧眉折腰的彭泽县令，人世间多了一个足以辉耀后世的陶渊明。

"问君何能尔？心远地自偏。"我只是烟火红尘里庸庸碌碌的一个凡夫俗子，读他心系田园的诗，回顾他勇敢做回自己的一生，羡慕他的豁达、他的自在、他的潇洒、他的热爱，却不敢学他不顾一切地放下。理想的海市蜃楼我同样憧憬，可以浅尝，但不敢沉迷。

可以是曾经的花鸟岛，也可以是现在的杭州城，或许结庐，永远不在乎是深山还是闹市，只要心无尘垢，处处都是人间净土桃花源，人人都是超凡脱俗的采菊人。

江南忆，最忆是杭州

认识杭州，是在白居易的词里："江南忆，最忆是杭州。山寺月中寻桂子，郡亭枕上看潮头。何日更重游！"

四时佳景俱美，水光潋滟方好，这首词落笔的时候，作者白居易早已离开杭州，居住在洛阳已有十二载。那时提笔，蘸满墨水的笔尖在纸上如龙蛇游走，流岚薄云卷起又散，曼妙光阴跌进流年，他的目光再也不能触及那些绮丽的旧时风光，但是曾经遍览的如画风景早已镌刻在他心底，时光也无法磨灭。杭州，杭州！那些如歌岁月翻飞在他的纷繁思绪里，数不尽的璀璨印记留在了山寺桂花、钱塘江潮，那些弥散在云水时光里的江南往事，那些尘封进旧时岁月里的记忆碎片，一瞬间就在他脑海里纷涌如潮，翩跹似蝶。

家住平湖，那个烟火红尘里岁月沉香的小镇，河水蜿蜒过一座座村屋、一块块农田的每一个角落。手摇船咿咿呀呀地悠然穿过小镇，低拂的柳枝、古朴的石桥、精致的檐角，一一退在身后。晚风里炊烟袅袅升起，灯火次第而亮，明灭闪烁，温暖恬静，摇着尾巴的大狗冲着田间地头活泼地叫着，在这宁静的黄昏里唱着清亮的晚歌。我就这样靠坐在小镇街心的八角亭里，手捧着词集，伴着夕阳的余晖，慢条斯理地诵读着他笔下的《忆江南》："山寺月中寻桂子，郡亭枕上看潮头。何日更重游！"亭角翘起的飞檐里，词句的韵味幽幽，余音袅袅，我咀嚼着里面的每一个字，在迷离的目光里开始幻想我心中的杭州，幻想这个分明相隔不远，却又在童年时遥不可及的人间天堂。圆月皎皎高挂，清辉遍地倾泻，桂香旖旎袭人，清风醉人如酒，潮起钱塘，惊涛拍岸，山河如画，一江如梦……

浩渺烟波轻轻荡，潋滟湖山如梦绕。白居易的诗句馈赠给我一个儿时关于杭州斑斓夺目的梦，不同于我生活的这个小镇，它是那样绚丽璀璨，那样光芒万丈。以至于大学毕业之后，我拒绝了无数的诱惑，义无反顾地投入这座城市的怀抱。

长大后，终于有一天可以脚踏实地地站在西湖岸边，抬头望西湖水淙淙汩汩。南宋的都城早已经深深埋葬在这个城市的地下，浮沉岁月，沧海桑田，再不闻前朝逸事，也无处觅旧时踪迹。但从城市摇曳的春光里，我依旧看到了一千二百年前白居易笔下的同一片湖山。极目处，江南还是瘦竹万竿的江南，杭州还是雨打芭蕉的杭州，西湖还是青山秀水的西湖，隐匿在杨柳岸，隐匿在暖风柔月里，顾盼生姿，娇媚多情。

杨柳风从西湖的柔波里徐徐吹来，吹响南屏晚钟，吹艳雷峰夕照，吹绿双峰插云，吹醒苏堤春晓，吹得玉带一样的几处堤岸上，远远近近的柳枝上都悄悄爬上一抹抹浓浓淡淡的浅翠新绿，婷婷袅袅，恰似十里春风里刚凝结起来的梢头豆蔻。白沙堤浅草如茵，蜿蜒在密密匝匝的绿杨荫里，一眼望不见的尽头，是一片层层叠叠的春绿。不远处，桃红点点，杨柳青青，踏青而来的一对对情人依偎在落英缤纷的夹岸桃花里。风为裳，水为佩、细雨作酒、桃杏为媒，有情人相互顾盼，眼波流转，连一旁的西湖的水都醉在这甜蜜的空气里了。山水如画人有情，才滋养出这一方水土的女子的柔媚多情、天真聪慧、温婉大气。如梦的湖光山色中，远处的雷峰塔持重如老衲禅坐，对岸的城隍阁俨然似山岳静默，身侧的保俶塔挺秀如少女临风，各有千秋的两塔一阁映在这同一片西湖水中，模糊的身影延伸出这一季的梦幻与明媚。

"东南形胜，三吴都会，钱塘自古繁华。烟柳画桥，风帘翠幕，参差十万人家。云树绕堤沙，怒涛卷霜雪，天堑无涯。市列珠玑，户盈罗绮，竞豪奢。"柳永的《望海潮·东南形胜》就在这一瞬间浮上心头。据罗大经《鹤林玉露》记载，这首词是柳永呈献给时任两浙转运使，驻节杭州的旧友孙何的作品。穿越时光的隧道，南来北往的船楫如梭熙攘，滋养出一千年前殷实富庶的锦绣杭州、盛世钱塘。烟柳画桥里锦绣琳琅，衣香鬓影间风流潇洒，杭州的繁华三千在他浓墨重彩的笔触下大开大合地铺陈开来，如歌如画、如酒如梦。

这位词坛婉约派的鼻祖，写过"衣带渐宽终不悔，为伊消得人憔悴"的无怨无悔，写过"多情自古伤离别，更那堪、冷落清秋节"的缠绵悱恻，写过"今宵酒醒何处？杨柳岸、晓风残月"的惆怅凄凉，无论都市生活、市井风光，还是羁旅行役、漂泊相思，他都提笔有神、落笔生辉。苏轼评价他的词作："唐人高处，不过如此。"苏轼对他评价很高，直言李白、杜甫的巅峰诗作和他相比，也不过如此。和他同时代的市井中人则更喜欢他在红尘里打滚的人间烟火气。"凡有井水处，皆能歌柳词"，放在今天，他也是红遍中国的全民偶像。然而，惊艳千古的词作经过千年时光的磨砺，依旧惊艳你我，却唯独敲不开他想叩开的科举的大门。穷其一生，他终是宦海无望，于是温柔乡、女儿香，金风玉露柳未央，"且恁偎红倚翠，风流事，平生畅。青春都一晌。忍把浮名，换了浅斟低唱"。没有了功名，他就在酒肆歌楼里尽情放纵自己，穷其半生追逐的功名，每一次都失之交臂。他口中说得逍遥，内心也未必可以释然。

或许因了柳词的缠绵婉约，或许因了西湖水的娇媚温柔，注定了杭州是一个散发着女儿香的城市。目光微移，孤山的冷梅香漫过放鹤亭和六一泉，漫过俞楼和文澜阁，漫过楼外楼和西湖水，轻轻叩响了长眠于西泠桥畔的苏小小的门扉。

"幽兰露，如啼眼，无物结同心，烟花不堪剪。草如茵，松如盖。风为裳，水为佩。油壁车，夕相待，冷翠烛，劳光彩。西陵下，风吹雨。"生于南齐的美丽少女无法选择自己卑微的出身，在脂粉堆里长大的她被西湖的水四季熏养着，占尽了江南佳丽的天姿国色。然而有着倾城之色的少女并未由此放纵自己，她能书善画，会弹会唱，这个才华横溢的少女是坚强的，她选择用另一种方式对抗自己注定看不到希望的命运。她喜欢坐在自己打造的油壁香车里，流连在暮色四合的西湖边，将上天慷慨馈赠给自己的倾城美丽呈现给所有的路人。也许是预感到自己将要在十九岁的美好年华香消玉殒，那就干脆不要再吝惜自己的美貌和才情吧。十九岁，她在自己人生最明媚动人的年纪离世，留下文人墨客们千百年来的无限唏嘘与咏叹。"幽兰露，如啼眼，无物结同心，烟花不堪剪。草如茵，松如盖。风为裳，水为珮。油壁车，夕相待，冷翠烛，劳光彩。西陵下，风吹雨。"兰露啼眼，风裳水佩，油壁香车，盛装相待。李贺别具一格的悼亡诗空灵绝美。诗的末尾，他在风雨萧瑟里落笔，或许既是怜她的一往情深、至死不渝，也是感怀自己身世坎坷、生不逢时。夕阳下，湖光已暮，山色尽空，不知道令她断肠的人究竟身在何处，只愿她头枕一片西湖水，梦里繁花似锦，春风不归。

"笑问世间情何物，生死相许无所恨。今生无缘同白首，待到来世叙旧情。"她是风华绝代的佳人，身为女子，却有着巾帼不让须眉的飒爽英姿。叛逆的灵魂像灼灼烈火，她女扮男装，从容地叩开万松书院的大门。琅琅的读书声中，从此翩跹飞出一对皎白的蝴蝶，传出一段流传至今的旷世奇恋。在一首首诗中，在一句句词里，梁山伯与祝英台的感人故事早已经妇孺皆知，更被多次搬上银幕，让观看的人一次次为他们欢喜，为他们悲泣，为他们感慨。万松书院苍翠的松柏静默地见证流水般的岁月，斜斜的细雨拍打过书院的中庭，温柔的清风细吻过墙角的芭蕉，草木有情，它们一定倾听过、目睹过、欢喜过，也一定落泪过。

幸而有了岳王庙，这座千娇百媚的城市里终于多了点铮铮的男子硬气。这一片青山何其有幸，埋葬着岳飞父子的忠骨。"怒发冲冠，凭栏处、潇潇雨歇。抬望眼，仰天长啸，壮怀激烈。三十功名尘与土，八千里路云和月。莫等闲、白了少年头，空悲切。"咀嚼着岳飞铿锵的词句，我静静立在他们的墓前，眼望着坟头青草郁郁，眼望着身侧青山绵绵，我的眼睛有一瞬间的湿润。王朝瞬息覆灭，烽烟连年四起，骁勇的岳飞挺身而出，带领军纪严明的岳家军奋勇杀敌。也曾挥师北伐，出师大捷；也曾横刀立马，身先士卒；也曾长刀如雪，银枪似舞，让悍勇的金人对他望而生畏，发出"撼山易，撼岳家军难"的无限感慨……"驾长车，踏破贺兰山缺。壮志饥餐胡虏肉，笑谈渴饮匈奴血。"豪情应如是，从来热血犹沸腾。

云水流年，转瞬已过千年，时光无声，岁月有痕，深深浅浅，全部刻进我的心扉。有风有景，有山有水，有情有义，有幸福有温暖，那是我儿时无限憧憬过的"江南忆，最忆是杭州"！

镌刻在历史书页上无与伦比的杭州，如今的一草一木、一丘一壑，不知道是否还是白居易记忆里沉醉过的山山水水。

他五岁学诗，九岁已通声韵，十六岁写出了名动天下的"野火烧不尽，春风吹又生"。一首应考之作惊艳了整个大唐，他是何等的才华横溢，又是何等的文采斐然。少年时他曾经历过藩镇战乱，宦海沉浮中他写过《观刈麦》，也写过《卖炭翁》，那种字里行间自然流露的悲天悯人情怀，让我坚信他一直都是懂得民生疾苦的。

而他和杭州不得不说的故事，始于公元822年。他几次向穆宗提出改进政治的建议，可都没有被一心只知奢侈享乐的皇帝采用。心灰意冷的他干脆舍弃了中书舍人的高官，坚持外放，于长庆二年（822）七月出任杭州刺史。

长歌一曲，他和长安作揖而别，伴着一路明丽的风光，从炎夏到凉秋，经过三个月的跋涉，在同年十月满心欢喜地抵达他所向往的杭州。经历了贬谪江州的宦海之变，他在灰心丧气中渐渐放弃了年少时兼济天下的政治理想，开始独善其身。出众的才华和美丽的景色碰撞，杭州的温柔和美好像一道明亮的光，一点点温暖了他已经凉透的内心，让他又看到了这个世界里蓬勃的希望和无限的生机。

杭州三年，哪怕独善其身，他也坚持有所作为，不忘在自己任上福泽一方百姓。他来杭州时，西湖上原本修筑的堤坝因为年久失修，已无大用。他二话不说带着百姓兴修水利，亲自主持重新修建了拦湖大堤，利用积蓄的西湖水灌溉了杭州城的千顷土地。当时连接西湖与城内百姓赖以生存的六口大井的通道已严重淤塞，白居易又马不停蹄地带领杭州人民进行疏浚。从此，西湖的清水又能在杭城的水井中汩汩涌出。这些功在当代、利在千秋的民生实事，也让越来越富庶的杭州逐渐发展成为"咽喉吴越，势雄江海"的大都市。

三年后卸任，白居易奉召回京，任太子左庶子分司东都。依依惜别之际，他将自己在任期内的大部分官俸留在了官库之中，留给倾注了他三年心血的美丽西湖，以备他的继任者急需时调用。而他带走留念的，仅仅是他在天竺山中捡回的两块石头："此抵有千金，无乃伤清白。"

集爱民、清廉、诗意、浪漫于一身，他把一颗心分成两半，半颗留在了杭州，半颗带回了长安。杭州三年，他在这里留下一湖清水，一道芳堤，六眼清泉，还有脍炙人口的两百首诗歌。他全身心地爱着这座城市，也让这座城市的百姓打心眼儿里爱着他。他离开的那一天，扶老携幼的百姓提着酒壶，泪洒九里长亭。盛情送别之后，对他感恩戴德的杭州人民又在孤山南麓为他建立了白公祠。生生世世，他永受杭州百姓的纪念与祭拜。

离别之后，遗憾的是再无相见之日，他所有的相思都是"南北两峰，西湖一水也"！回望自己的一生，眼前浮现的是他对杭州的魂牵梦萦："官历二十政，宦游三十秋。江山与风月，最忆是杭州。"

一千两百年过去，当年修筑的堤坝，如今已成了通衢大道，人声鼎沸，热闹非凡。人文荟萃、物产丰饶，海纳百川、包罗万象，经过千年的发展，杭州早已成为一座精致和谐、大气开放、热情文明、底蕴深厚的休闲之都和魅力之城。G20 峰会与杭州亚运会的相继召开，更让杭州一跃成为世界名城，在高速发展的浪潮里勇立潮头、奋楫扬帆。

棋逢对手，将遇良才，这是世间最好的相遇，白居易不曾辜负过它。而杭州，也从不负他的厚爱。

苏州好，城里半园亭

认识苏州，是在沈朝初的词里："苏州好，城里半园亭。几片太湖堆崒崒，一篙新涨接沙汀，山水自清灵。"

是的，这片温润如玉的绿水青山，没有卷起过风萧萧兮易水寒的豪情壮志，没有感受过白发三千丈的忧国忧民，也没有舒展开多少经天纬地的历史长卷，更摆不出天苍苍、野茫茫似的辽阔战场。只有吴侬软语娓娓道来，只有泱泱清水涓涓流去，只有温和的空气里弥漫开栀子花的香味，以及一步三景，不胜枚举的精致园林。

这首《忆江南》，如山水写意，寥寥数语勾勒出苏州园林之盛。生在苏州、长于苏州的沈朝初对这座江南水乡小城倾注了自己最深沉的爱，他的一生写过三十余首《忆江南》，涉及苏州风物、风俗、山水、园林、饮食等，将苏州水乡风光、吴中风情及雅致生活描绘成一幅幅清秀灵动的画。

读过他的一首首词，咀嚼过那些笔墨酣畅的文字，放下书卷，遥想在江南摇曳的灯火里安然存在了两千五百年的苏州城，想象着它每一棵古木的背影、每一条曲巷的茅檐、每一处屋舍的残垣、每一抹夕阳的余晖，都蕴藏着一个源远流长的故事，明丽的、沧桑的、琐碎的，或者是寂寞的，忍不住便去了苏州一游，跟着沈朝初的脚步去看园、看塔、看桥、看寺。

这座一池春水半园亭的城市，左边是园，右边是园。园林鳞次栉比，星罗棋布，针眼里面有洞天。

远山如黛，这里没有森然的殿阙，只有园林。拙政园一枝红杏出墙来，热热闹闹地把自己一身的美好全部展示出来。没有中国传统建筑的方正对称，没有中轴正直的飞檐，没有双双对对、矮树成行的花木，更没有森严阴冷、秩序井然的等级，她只是浅浅地微笑。远处，紫禁城宏大而灿烂耀眼的镏金房顶以及五彩斑斓的彩绘建筑，已经足以彰显出煊赫的皇家威势。六朝金粉的南京城颓然倒塌在改朝换代的战火中，回首望长安，可怜无数山，西安城热热闹闹地走过汉唐盛世，如今仿佛一位沉睡的巨人，等待被唤醒。苏州想要的，只是自由展示自己的美丽，张扬也罢，威严也好，还是做一回自己吧。

进入拙政园的腰门，踏着光洁的石阶而上，沿着潺潺的曲溪而行，起伏弯绕地向前踱步，远香堂就如眉目浅笑的二八少女，娉娉婷婷地俏立着。进入远香堂临窗而眺，一泓溪流潺潺从西边而下，一桥玲珑飞架南北，清透的溪水将四周建筑清晰的倒影悠悠然荡漾开去，颇有些意趣。若是在细雨霏霏的日子，捧一杯香茗，倚栏听雨，看水阔云低，望断南飞雁，听雨落清溪，一池莲碎，更是别有一番滋味在心头。每到春暖花开，十八曼陀罗花馆内，一大片茶花欣然绽放，姹紫嫣红，挟带着松柏之骨、桃李之姿，铺天盖地压过来，势如破竹，却能历春夏秋冬如一日，满园尽带黄金甲。立于这一大片典雅的建筑之间，人面茶花相映，只能够望见花丛里露出的笑脸，以及衣袂上沾上的黄色花粉。花气袭人知昼暖，如此娇艳的花朵，妩媚艳丽地魅惑着每一位来到这里的游人，令人流连忘返。

不远处，狮子林从遥远的元代而来。那个充满战争和矛盾的短命王朝，早已轰然覆灭。风雨飘摇下的人们只好把自己的信仰深深地寄托在神灵佛龛前的袅袅清香中。顺应天意，大智若愚的天如禅师在异香氤氲的长明酥油灯下建起了这座"菩提正宗寺"。寺中的湖石独具匠心、巧夺天工，外形多似狮子状，威武也好，匍匐也罢，人工的也好，天然的也罢，谁又在乎呢？他们要的，只是一种精神的寄托。也许是看多了佛经，明白狮子是为了救护过路的商人而和蟒蛇搏斗的英雄，于是大笔一挥，那就易名为"狮子林"吧！我们无法改变时间和历史，那就为这个多灾多难的民族祈福吧！乾隆南巡来到这里，"疏影横斜水清浅，暗香浮动月黄昏"。假山王国中，这位风流皇帝竟转了几个时辰而未能出，兴致盎然地提笔写下"真有趣"三个字。皇帝的御笔岂能如此下里巴人？早有识趣的臣子抽去了"有"字，单留下"真趣"二字，让其变得阳春白雪，自成佳话，流传千古。

再远处，留园的冠云峰、楠木殿、鱼化石掩映在参天的古木以及小园香径中，网师园的亭阁楼宇里，渔夫钓叟们散发着缕缕隐逸的气息，沧浪亭依山傍水地轻摇纸扇。谁说清风明月本无价？应是近水遥山皆有情。

"姑苏台上乌栖时，吴王宫里醉西施。""十万夫家供课税，五千子弟守封疆。""可怜国破忠臣死，日月东流生白波。"

两千五百年是多么漫长的岁月，无数诗句堆叠，无数文字落笔，秦汉风起云涌，魏晋风度翩翩，隋唐盛世煊赫，宋元明清渐渐没落，苏州全都经历过，陪伴过，耗神过，又归于平静。

过韶关而一夜白头的，是带着忧郁的眼神走过苏州的伍子胥。这个为报父兄之仇而逃亡于此的楚国贵族，面对着滚滚长江东逝水，立志要强大吴国，直捣黄龙。既然吴王僚无法满足他替死去的父兄报仇的愿望，那么干脆用一把鱼肠剑让苏州城敢教日月换新天吧。抬头凝望，宫殿的废墟里仿佛再一次涌现出一队队黑衣的甲士，紧握着鱼肠剑的专诸奋力地追逐着身着紫袍的君王。王宫里晕染开的第一滴鲜血，像一朵开到极盛的荼蘼花，妖艳又魅惑，使姑苏城的灾难悄无声息地蔓延。苏州城百废待兴，而他，也如愿以偿地带领着六万子弟，挥刀扑向曾经在他耳畔细语呢喃过半生的家园。国已经不国，家何其为家？还是狠一下心掘开楚平王的坟墓吧，狠狠地鞭尸三百：父兄啊，在冥冥之中的灵魂是否安息，不再晃动、晃动……只是狡兔死，走狗烹，飞鸟尽，良弓藏，最终他也颓然地死在吴王的鱼肠剑下。天命如此，大抵无人可逃，也无处可逃。只有善良的苏州百姓还是千百年记挂着他，钱江潮水连海平，那就让他在死后做一任潮神吧。天堑无涯，怒涛卷霜雪，莫不是他在悲愤地控诉？爱也罢，恨也好，就让一切都散在时光的洪流里吧！

羽扇纶巾，那是孙武子泰然自若地走过苏州。在姑苏城吴王阖闾软玉温香的王宫里，令后世无数人折腰膜拜的一代兵家正镇定自若地指挥着宫女和吴王的宠妃操练军阵。嘻嘻哈哈的妃子们并没有把这个异国他乡的没落贵族放在眼里。他眉目一沉，昨日的妖娆美女转眼竟成了今天的刀下亡魂，吴王心碎了，宫殿沉寂了，王国震惊了。幸而在那个战乱频繁、弱肉强食的多事之秋，吴王做不了那个只爱美人不爱江山的君王，更何况孙武子携带着十三篇兵法，如果吴国容不下他，那他就会投奔敌人，不如挥一挥衣袖："寡人去也，卿好自为之。"

翠翘金雀玉搔头，那是西施拖着长长的纱裙踏进馆娃宫的门墙。灵岩山的脚下，木渎古镇投来深邃的目光，苏州城的命运似乎要在这位一笑倾人城的佳人手里再一次天翻地覆。那位攻破楚国都城的英勇大王阖闾早已惨死在战乱的无常之下：屡出奇兵的勾践竟让三队罪犯在吴王的军阵前一起自刎而死，然后冲锋陷阵地把目瞪口呆的敌人杀了个片甲不留。姑苏城终于愤怒了，新王夫差耳畔回荡的，尽是父亲临终时的声声哀号。夫椒会战，勾践终于匍匐在吴王的脚下。三年马夫，二十年卧薪尝胆，立誓吞吴的没落君王使起了美人计。吴王喜滋滋地陪伴着佳人西施，饮酒操琴，歌舞升平。蜿蜒的响屧廊尽头，半露香肩的宫女们陪伴着倾城倾国的西施彻夜歌舞，空气中回荡着衣饰上铃铛和木屐的琼琤声响。亡国之路已经曲折在十里烟亭之外，只有灵岩山下千年的古镇日渐繁华。山巅上，玩月池的清泉已不再光可鉴人，胭脂塘的女儿香也在空气中散尽。剩下的，只有回忆、回忆和无尽的凝望、凝望……

本想只看一看沈朝初笔下吮吸了一城山水灵气的苏州园林，再品一品冬时探梅、春来看花、盛夏赏荷、中秋望月的四时雅致生活，不承想含蓄蕴藉的它，婉转缠绵之中也有牵人心绪的惊心动魄。两千五百年的岁月已经沉淀了太多历史盘根错节的伤痛，城市的目光穿越过时间的隧道，海涌山还是海涌山，重峦叠嶂地屹立在城市的西北，将姑苏城拥入温暖的怀抱。虎丘塔依旧巍峨耸立，目光如炬，与日月辉映，不知疲倦。月落乌啼霜满天，烟柳画桥，江边的枫树映衬着船上的点点渔火，远处的枫桥依偎在暗沉下来的夜色中。寒山寺人间烟火鼎盛，山映斜阳天接水，远处的钟声悠悠地回荡，晚风呜咽，发出声声的轻吟，越行越远。只有护城河往事如烟，静静躺着，寂寞如雪，河道里南来北往的舟楫如梭，门泊东吴，他们却都只是苏州城

的过客。

"苏州好，戏曲协宫商。院本爱看新乐谱，舞衣不数旧霓裳。昆调出吴闾。"抬头回眸，城市宁静的空气里传来几声婉转评弹的莺啼燕语，夹杂着唱曲者头上桂花油的馨香，在沈朝初的词里袅袅而来，久久回荡。

沈朝初是清朝诗人中的进士，不算大名鼎鼎，留在文学史上的个人简介，只有寥寥数笔，甚至凑不满一页白纸。然而读过他的一首首《忆江南》，苏州的轮廓便在脑海里清晰了起来。

一直在想，他对苏州这份沉甸甸的爱，比起任何人来，或许只多不少。

海上明月共潮生

"春江潮水连海平，海上明月共潮生。滟滟随波千万里，何处春江无月明！"我对大海的幻想始于张若虚的《春江花月夜》。

春潮浩浩荡荡，明月升起海面，清辉遍洒，大气明朗而又隽永清新，广阔浩荡又不失生机勃勃，人生中最能打动心扉的良辰美景融在诗情、画意、哲理中，让一生只留下两首诗的张若虚仅凭这一首《春江花月夜》便"孤篇压全唐"，于淡泊中见浪漫，朦胧中现意境。那些对大海的最初温暖美好的印象，跟随着他波澜壮阔的文字，深深镌刻于心底，常常憧憬。

因为念念不忘，所以时常牵挂；因为总是惦记，所以义无反顾地选择去遇见。

第一次遇见大海，遇见那些行走中不期而遇的美好，遇见半生蹉跎里最妙不可言的慢时光，是在厦门——一座充满文艺气息的海滨城市。

光影流转，云卷云舒，曾厝垵在海天一色的天光云影里悄然苏醒，绿荫掩映的民宿群错落在柔软明媚的晨光里，阳台镂空花纹的栏杆上泛起的明光里，映出微尘起伏飘荡的纤纤细影，纷繁的簇簇花朵紧挨着，像一群无忧无虑的孩子，心满意足地对着眼前的海天悠然怒放，明媚、温暖而热烈。和暖的海风从不远处的鼓浪屿一浪赶着一浪地嬉戏着，轻轻摇曳起曾厝垵每一个角落里半睡半醒着的蔓蔓青萝、茵茵翠草、婆娑树影和迷离双眼。

热闹过半宿，食物的浓香早已随着游人散尽，此时天光寂寂，店铺的门静静地闭着，像蛰伏在地上的猫儿，慵懒又困倦。只有被晨光撩起的客人眯缝着眼睛，静坐在阳台小憩，"赌书消得泼茶香"，清风翻起书页，烟火尘世里缠绕不断的种种烦恼，都在手里捧着的一个个寂静无声的文字里渐渐了无痕迹。八百多年的岁月流转，烟火聚了又散，小小的渔村却在时间的沉淀中出落得文艺范儿十足。那些红砖古厝错落在南洋风格的"番仔楼"中，绿荫难掩它们的容颜，在这样姹紫嫣红的风光里，特立独行又异常和谐。

不远处，海浪哼唱着轻快的小调，哗啦啦欢快地涌上来，像在你耳边轻呵了一口温软的气，撩动起埋藏在心底许久不曾弹奏的弦，又踩着碎步急急地退下去，向你浅斟低唱起属于大海特有的歌谣。

早起的孩童三三两两在沙滩上撒着欢儿，逐浪的笑声和沙堡里藏着他们童年时书写过的最美好的童话。王子和公主的故事在他们流光的眼波里起起伏伏，披着黑斗篷的巫婆狞笑着递来一个毒苹果，喷出火焰的恶龙伸着懒腰，烧光了所有的漂亮裙子……

两三缕晨风穿过少女飞扬的发丝，像温柔缱绻的细吻，翻飞的裙角在海风中徐徐绽开，再绽开……在白浪里飞扬，在海风中猎猎，在晨光中定格。身后的重重剪影，一点点清晰，蓝天碧水，千峰层叠，霞光渐漫，红日微浮，云霓初明，光影交错。

岁月静好，现世安稳。酣眠了一夜的曾厝垵，在游鱼般温软的绰约年华里，在卷起又散尽的流岚薄云里，微笑着苏醒过来，轻悄悄掀开覆在脸上的神秘面纱，等待着又一日曼妙的光阴一点点跌进流年的怀里，浮世清欢，自在随缘。

像匆匆染了一路风尘，刹那涤净如莲；像波光粼粼，月光如水遍洒。肖邦的、贝多芬的、巴赫的、李斯特的……那些荡漾在浮浪水沫里，断断续续从海上客轮里随风送来的钢琴声，像温了一壶流转过四季的白月光，一口饮下，一瞬间人生百味遍尝，世事云淡风轻。

鼓浪屿不负从前慢的声名，海风柔柔地拂过，海浪轻轻地拍过，阳光暖暖，白云朵朵，树木春繁夏密，四季皆是盛年。阡陌蛛网交错在一幢幢排列整齐的老建筑落下的阴影里，穿过巴洛克式自由奔放的院墙，吻过哥特式尖顶的漂亮钟塔，拥过洛可可式繁复细腻的雕花，倚过北欧式干净简约的壁炉……最终消逝在小岛尽头的倦鸟啼鸣、落花惊枝里。海纳百川，有容乃大，那些争奇斗艳的建筑里溢出来的浪漫美好，那些古今合璧的风格里融在一起的朝花夕拾，往事的尘埃拭净，老旧的光阴淡去，最终，韶华虚掩的门扉里走出了这样一个和而不同的鼓浪屿。

体态峥嵘的日光岩就在这般夺目争妍之中巍巍而立。沿着狭长陡峭的石阶一级级虔诚向上，在壁立千仞之间峰回路转，在急促的喘息之中抬头仰望。青苔石径的尽头，一竖一横两块巨石相倚而立在龙头山的顶峰，像立在山巅的巨人，无声擎起苍穹，日日复月月，岁岁复年年，直到诗风词韵散尽，凉风流云俱醒，那样气象万千又旷达豪迈。"鼓浪洞天"，聆听过千百年惊涛拍岸，浪卷霜雪，曾经的"天风海涛"也已化成流年里见惯了的云淡风轻；目光流转过"鹭江龙窟""九夏生寒""与日争光"……那些许世英、丁一中等人题过的石壁崖刻，被风刀霜剑侵蚀过数百年，笔走游龙之间浸染出些许凌厉的剑眉星目，不惧时光狰狞，依旧红得夺目、艳得璀璨。行走在历经四百多年光阴的日光岩寺里，透过檐头铁马，透过高墙大院，透过烟烛袅袅，透过法相庄严，沉浮在旧时光里那些斑斑驳驳的记忆，跌宕在长长短短的梵音里，浮世清欢，流光似水。

云霞灿灿的黄昏里，斜阳将午后积攒的暑气消散殆尽。倦鸟悠悠然归巢，枝叶在声声海浪里簌簌地响起，又渐渐地归于静寂。海风或疾或缓地走街串巷，追着游客的脚步流连嬉戏。邮轮停泊了又走，归来了又去，匆匆的不仅是上岛又离去的过客。食物的香味从街巷深深里飘出，撞进晚风的怀里，撒着欢儿地往每一个人的口鼻里钻去，逗得肚皮"咕咕"地抗议起来。渔船唱着一路凯歌回港，收起的网里，活蹦乱跳着宽容和慈爱的海洋馈赠给这座城、这个岛所有能给予的至鲜至美。细细嗅去，虾蟹鱼鲜里杂着百香果的酸涩，以及莲雾的清甜……那是鼓浪屿闲适的光阴里最朴素的人间烟火。

夜了，倦了，光阴跌进流年，晚风掀起溶溶月色，流光无声，菽庄花园就在这岁月沉香里秀美娴雅地端坐着。蓝的是海洋，青的是池水，绿的是檐顶，白的是院墙，红的是立柱，翠的是松柏……亭台楼阁仿佛铺陈在一碧如洗的海面上，盈盈的海水潜藏进一院的洞天石扉里。月色泠泠，无声无息地铺满天地，无须饮酒，已是醉人。四十四桥上，玉盘当空，松涛阵阵，和一轮明月遥遥相望，迂回曲折的长桥深处，可有红衣的姑娘和着箫声浅斟低唱，月下翩翩？

远远近近来回穿梭，从各种角度欣赏它们的万种风姿。光阴溅落身上，惊叹萦绕心头，半天的邂逅，却怎么都看不够。一眼万年，早已在初见时就为它倾心，流连驻足，将一段萍水相逢的惊艳相拥，此后半生回味，应是永恒。

那些关于厦门海的明媚灿烂的印象，和记忆中《春江花月夜》里海的气象万千渐渐重合，于是，我又回味起了张若虚和他的《春江花月夜》。

具体的生卒年不详，家庭背景无从查起，明珠蒙尘，历史上长期被忽略、被低估，唐人选编的诗集里他和他的《春江花月夜》踪迹全无。它第一次被正式收录，是在宋朝人郭茂倩编选的《乐府诗集》中，而这首诗广为流传的时候，已是明朝中期。黄泉之下，张若虚已沉睡了八九百年。明珠一旦被发现，便不会再被埋没，流光溢彩的《春江花月夜》开始照亮整个大唐的夜，光芒之盛几乎无人可及。

清末王闿运称赞："张若虚《春江花月夜》用《西洲》格调，孤篇横绝，竟为大家。"能以孤篇横扫千军，成为中国诗歌史上绕不过去的丰碑，堪称前无古人，后无来者。

暮霭沉沉，春江浩浩，海潮横扫，星月交汇，江畔的同一个月亮，照着千年之前月下徘徊的张若虚，也照着千年之后仰头望月的你我，那个美丽夜晚里看月亮的诗人，不只是他，可唯独是他，用不可名状的美，留给我们一个美轮美奂的梦，一首穿海渡江而来的歌，一缕从蓬勃年代流淌而来的摇曳情丝。

他是"诗中的诗，顶峰上的顶峰"，他的诗被一代又一代的读书人忘记在时间的深海，最终又被无数人仰望，成为让无数人倾倒的千古绝唱。

一轮明月在海面升起，一片海潮温柔地将我包围，动人的情思和明月的光辉将世间万物浸染。在温暖的春天里，邂逅这一片大海的光阴碎片，光彩焕发，明朗鲜艳，满足了我对于大海最初的所有幻想。

近水遥山皆有情

读万卷书，行万里路，既知山河远阔，亦见人间清欢。

用诗、用文、用志、用史，在文字里阅读这座位于杭州城东的江南名镇笕桥，阅读它在光影交错里流淌过的数千年时光，那些唐宗宋祖时代流传下来的记忆碎片，那些非遗传承，那些文脉悠长，那些历史变迁，在这个"下阶遥想雪霜寒"的季节里渐次氤氲开来。历史并没有冷落它，时光也没有薄待它，它像一株含苞待放的花朵，用心浇灌了千年，在岁月的磨砺之后，终于悠然花开，醉人如酒。

南宋的《梦粱录》及《咸淳临安志》用一个个鲜活的文字诉说着千年笕桥的辉煌历史：从古走马塘到新城门户，从军事要塞到商贸重镇，这座以"茧"闻名的江南名镇，物产丰饶、历史悠久、人杰地灵、人文荟萃。家住过笕桥，游览过笕桥，阅读过笕桥，咀嚼过笕桥，总有万千种滋味萦绕在心头。

这座烟雨江南的古老小镇，从隋唐年间人烟生聚开始，就注定了它的钟灵毓秀。笕桥最闻名遐迩的，就是岁贡之品"笕桥十八味"。十八味，指的是这里盛产的十八种极负盛名的药材。

清气铸骨，药香留裳，"笕十八"中药特有的清香，那是记忆中笕桥最让人流连的味道。"何用灵山采，村墟药品稠。绛芽和露摘，红甲带泥收。梅福里相似，桐君录可修。无求身自健，桥畔漫优游。"诗山词海里读到的这首诗，以极其骄傲的语气和无比豪迈的姿态描绘了笕桥药市的盛况，虽然作者已无从考证，但这个人，一定对笕桥药市了如指掌，对各种药材如数家珍。五花八门的药材，令人神清气爽的药香里裹着晨露的清芬和泥土的芳香，从这一行行诗句里扑面而来。阅读到宋朝的《太平寰宇记》，在书香里细细品味"杭州出蜜、干地黄，皆岁供"的真意，更懂得"笕十八"的盛极一时绝非浪得虚名。南宋的都城早已经湮没在历史的风刀霜剑里，八百年白云苍狗，南来北往的舟楫身影依旧，桨声灯影中，从前那些高不可攀的皇室贡品早已经进入寻常百姓的人间烟火里。枸桔弄里，曾经的药材集市虽已消散，烟火红尘里，麦冬、地黄、玄参、薄荷、草决明……"笕十八"的味道依旧如故，更沾染了几分而今迈步从头越的蓬勃生气。勤劳质朴的笕桥人重新开始品读农耕文化，揭开一向神秘的"笕十八"的面纱，褪去它们身上神圣的光环，让它们走进千家万户，让更多的人了解它们、喜爱它们。

　　"市列珠玑，户盈罗绮，竞豪奢。"柳永在《望海潮·东南形胜》一词中用波澜起伏的笔法，浓墨重彩地铺叙了杭州的富庶与繁华，以养蚕缫丝起家的笕桥一直以来都在为杭州的富庶锦上添花。千丝为锦，万茧成绸，遥忆从前，被称为"艮山门外丝篮儿"的笕桥，也曾桑麻蔽野、机杼声声。农桑之业，吃穿为本，桃花风起的日子里，三五成群的少女身背竹篓，采桑陌上，快乐地唱着动听的采桑曲。"阿侬家住茧桥东，但事农桑不务农"，明朝诗人曹金簸的《梦西湖词》，用俏皮的俚语活泼地讲述了从前蚕乡的这一盛事。笕桥之"笕"，就是从这个"茧"字中演化而来的。而今的笕桥人虽不再种桑养蚕，却将"茧"之一事做到了极致。笕桥正用品质传承和技术创新，让世界爱上这一艳光四射的艺术品——杭州丝绸。曾经高贵冷艳的它在一双双巧手下焕发了生机。它不仅成功印制出列入吉尼斯世界纪录的"香港《文汇报》丝绸珍藏版"，它别致精美的"青花瓷、粉色颁奖礼服"也成功入选北京奥运会，在颁奖礼上惊艳世界，它的丝绸版《孙子兵法》更在千挑万选后被作为国礼赠送给美国总统。每一次它在聚光灯下熠熠生辉，每一次它在精雕细琢之下变得万众瞩目，总会在一瞬间惊艳了旧时光，也点亮了新时代。

　　"贤臣不虚生，天为国家辅。世宁有武功，清节更可取。"翻阅厚重的《笕桥镇志》，我被以"忠鲠"享誉天下的胡世宁深深吸引。生于笕桥横塘，十八岁翩翩少年已是临安县学第一。被称为"南都四君子"之一的他，孑然一身从横塘的茅屋草舍中胸怀坦荡地走到世人面前。这个笕桥走出的明朝功臣，他的一生，两袖清风，一身肝胆。他从不畏惧权贵，总是秉公执法，更有磊落君子之风。志存高远风清正，淡泊名利性高洁，便是他一生的写照。他以清正为骨，以刚直为血，以忠贞为躯，以勤勉为肉，曾以小小推官之身力排众议，严惩犯事的王府家丁；也曾不惧宁王权势，奋起向武宗皇帝上书进谏称其有谋反之心；更曾因此含冤入狱，却始终以铮铮铁骨坚守本心，不因受到挫

卷四·近水遥山皆有情

折而折节，不因畏惧权势而摧眉折腰。笕桥有幸埋忠骨，功臣虽已逝去数百年，他清正廉洁、刚直不阿的美名却永远流芳。

"知君长忆西湖路，今日南还兴若何？十里云山双蜡展，半篙烟水一渔蓑。岳王坟上佳树绿，林逋宅前芳草多。我欲相随寻旧迹，满头白发愧蹉跎。"一代宗师浙派画风创始人戴进遭构陷被放归回乡，落难离京之际，礼部侍郎王直曾写下这首诗相送。读这首情真意切的《送戴文进归钱塘》，山遥水远遗墨间，行笔走墨书流年，我脑海中不由得浮现出戴进手握一支画笔，于山水田园之间潇洒泼墨，笑傲人生的画面。早年不过是一个默默无闻的金银首饰工匠的他，为了自己心头的那颗朱砂痣，毅然决然地放弃了一直以来赖以谋生的手段，全心全意地投入浓墨重彩的书画世界中。没有背景可依靠，没有名师指点，没有金钱铺路，没有权势为辅，草根出身的他，全凭自己对丹青的一腔热血，以毅力为骨，以执着为血，不停地前进着、成长着。宣德年间，他以一手画技声名鹊起，供奉内廷，终于如愿以偿。然而受书画长年浸润熏陶之人终有青松傲骨，耿直的他，终因谗言凶猛而辗转漂泊。

上千年风雨兼程，历经四季更迭，在诗、在文、在志、在史，来路迢迢，去路昭昭，共你暮暮又朝朝。行走过这片我热爱的、深爱的土地，感慨着它的人杰地灵，赞叹着它的钟灵毓秀，期待着它更行更远。

诗风细雨话茶香

"龙井源头问子瞻，我亦生来半近禅。泉从石出情宜冽，茶自峰生味更圆。此意偏于廉士得，之情那许俗人专。蔡襄凤辩兰芽贵，不到兹山识不全。"翠色晕染，玉叶舒卷，香郁若兰，余味且甘。恰似青绿山水墨色相洇，恰似蓝田日暖玉色流转，那是龙坞的茶，浮沉过宋元明清的千百年光阴，镌刻在我心头余韵悠长的味道。

黄梅时节家家雨的午后，浅斟低吟着一首明人陈眉公的《试茶》，凝视着一片小小的芽叶穿越千年时光，融入手中的一盏清水，脑海中浮现的恰是龙坞的茶田无边春色。

雨线漫不经心地落下，欢快时畅意，微歇时淅沥。烟火红尘里那些人声鼎沸的繁华一点一点在重重雨帘里褪去。小溪水潺潺地跃动，叮咚地欢歌，溪侧绿草葱郁，杨柳依依，远远望去，斜风细雨里绿得浓淡相宜，翠色欲滴，干净得仿佛可以洗去我眼中沾染的所有尘垢。

细雨绵绵，微凉透心，漫山遍野都是茶田，就这样静静伏在江南烟雨之中，半个山头都被笼罩在云雾缭绕之中，像呢喃的少女，轻烟似的云雾细细拥吻过半山，又像被泼下了半个砚台的墨汁，转眼便漫成了宣纸上的半幅丹青。"轻雾笼山谷雨天，香茶滴翠嵌云间。"谷雨时节，茶山上云遮雾罩，宛如仙境降世，轻纱似的云雾游走在翠绿的山巅，时而缠绵悱恻，时而轻盈飘散。左河水老师的诗里藏了最美的茶田雨色，诗情与画意一瞬间跃上心头，像夏日里饮下一盏冰凉的酸梅汤，每一个毛孔都透着舒畅。

九街，一个念之朗朗上口的名字，咀嚼之下，又有些许别样的滋味渐渐萦绕，后来才知道，这个名字出自"茶圣"陆羽的《茶经》。翻阅这部全世界现存最早最完整的典籍，茶的九德在隐隐墨香里娓娓道来：清、香、甘、和、空、俭、时、仁、真。因茶入道，方能领略自然赋予的清明空灵，因茶识友，才能明白一个人内心的纯净和修养。茶可品，人更可品。细细数来，龙坞茶镇有四横五纵一共九条茶主题街巷，恰合了茶的"九德"之数。茶字九画，笔笔皆是茶香茶韵、茶中真趣。除了九街，竟觉再没有一个名字能与这散发着茶香的千年茶镇相匹配。

一色青砖外墙的民国风建筑群，古典中透着"拿来主义"的开放包容，星星点点地散落在九街之上。静静地倚靠在小镇客厅的门旁，心底默默吟诵着元稹的《一七令·茶》："香叶，嫩芽。慕诗客，爱僧家。碾雕白玉，罗织红纱。铫煎黄蕊色，碗转曲尘花。夜后邀陪明月，晨前命对朝霞。洗尽古今人不倦，将至醉后岂堪夸。"对仗工整的宝塔茶诗，风格如此独特又不失声韵和谐，他在送别好友白居易的茶宴上即兴所赋的这首诗，将茶叶楚楚动人的形态、醉人的芬芳与生动的色彩凝于诗中，最美的茶诗里透着最清新的茶香。低沉的吟诵声氤氲在空气里，时间仿佛静止，只觉岁月静好。

茶诗和茶田、茶山、茶镇相得益彰，和茶馆也是遥相呼应。九街筑巢引凤，自有"佳茗"纷至沓来。三步一茶室，五步一茶庄，那是茶镇的街巷与别处最不同的地方。万融堂茶行恰如一枝红杏出墙来，在茶香浮动的黄昏里，看似不动声色却又异常醒目：背靠着青山隐隐、绿水迢迢，面朝着一座典雅的杭州西湖龙井茶博物馆，虎踞龙盘于视线极为开阔的广场一侧，无声地诉说着它的茶韵、茶事、茶情、茶品。后来知晓，万融堂茶行的前身，便是业界知名度极高的问茶楼。

遍览龙坞胜景，终不如一杯茶香。如兰的香气氤氲一室，翠色的茶叶在玻璃杯中沉浮翻转，渐觉舒展。汤色清亮纯粹，干净得像是夏日雨后那一碧如洗的天色。举杯，浅尝细品，慢饮回味，腾腾的水汽里染着丝丝缕缕的茶香，争先恐后地朝我鼻孔里钻去，像是奋勇争先的鱼，一路游进我心底最深的池渊，令人身心舒畅。呷一口，舌尖先是被入口的微苦略烫了一下，很快便被纷涌而来的鲜、爽、甘、醇、甜、厚覆盖，每一个毛孔仿佛都得到舒展。黄昏里，原本残留在身体内的微微困倦渐渐散去，连精神都抖擞了起来。"一碗喉吻润，二碗破孤闷。三碗搜枯肠，唯有文字五千卷。四碗发轻汗，平生不平事，尽向毛孔散。五碗肌骨清。六碗通仙灵，七碗吃不得也，唯觉两腋习习清风生。"作为"初唐四杰"之一卢照邻嫡系子孙的卢仝，用一首《七碗茶》，带我领略喝茶品茗的至臻境界。初品回甘生津，浅尝心已愉悦，下笔文思泉涌，精神超脱物外，只余一缕清风，徐徐入怀，万千思绪，皆化烟尘。连苏东坡都有诗云："何须魏帝一丸药，且尽卢仝七碗茶。"一千二百年前的那缕茶香，经年不绝，和着宋时的月光氤氲，融进东坡手中的茶盏，如同我手中这盏茶一样余韵悠长。

　　窗外，三三两两的游客，撑着不同花色的雨伞走过，无论步履匆匆，还是闲庭信步，都会不由自主地驻足，仰起头，看一眼那栋被笼罩在轻烟细雨中的仿民国风两层建筑。一种说不清道不明的安逸从容在它的牌匾上流转，在我的眼中晕染，再从眼角流淌入心田，最终归于虚无。一瞬间让我回忆起杭州作家王旭烽老师笔下的那座忘忧茶庄。光阴退回两百年前，影影绰绰的光线里飘送过来少年杭天醉咿咿呀呀的读书声："茶者，南方之嘉木也……"

　　及至惊醒，已是满镇暮色，苍穹暗去。灯火的光影将我包围，也将整个茶镇笼罩在一片撩人的夜色里。"小住为佳，且吃了赵州茶去；日归可缓，试同歌陌上花来。"心底蓦然浮起的联句，安放在这暮色极静的雨夜里，且行且吟，且歌且远。